PRÉSIDENTE

Né le 6 octobre 1932 à Marseille, Claude Klotz vit depuis 1938 à Paris, est marié et père de trois enfants. Après des études de philosophie, il fait la guerre d'Algérie puis enseigne dans un collège de banlieue parisienne jusqu'en 1976. Il vit aujourd'hui de sa plume. Il a été critique de cinéma au journal *Pilote*. Il publie d'abord des romans policiers, *Darakan*, la série des *Reiner* qui fut adaptée à la télévision avec Louis Velle dans le rôle de Reiner. Passionné de cinéma, il écrit aussi des romans qui sont des pastiches de films d'épouvante ou de films d'action comme *Dracula père et fils* et *Les Fabuleuses Aventures d'Anselme Levasseur*. Dracula, Tarzan, les Trois Mousquetaires y sont mis en scène avec beaucoup d'humour. D'autres romans sont presque autobiographiques comme *Les Mers Adragantes* et *Les Appelés*, sur la guerre d'Algérie. Il connaîtra la célébrité sous le nom de Patrick Cauvin, avec des best-sellers comme *L'Amour aveugle, Monsieur Papa, Pourquoi pas nous?*, *E = MC², mon amour, Huit Jours en été, C'était le Pérou, Nous allions vers les beaux jours, Dans les bras du vent, Laura Brams, Haute-Pierre* (Prix Vogue-Hommes, roman et cinéma), *Povchéri, Werther, ce soir..., Rue des Bons-Enfants* (Prix des Maisons de la Presse), *Belles Galères* et *Villa Vanille*. La plupart de ces livres ont été portés à l'écran.

PATRICK CAUVIN

Présidente

ROMAN

ALBIN MICHEL

PROLOGUE

C'était un printemps d'Idaho.

A l'horizon des pistes, sur le versant languide des collines, les amandiers avaient fleuri.

Lavés par l'orage de la nuit, ils resplendissaient dans le matin et, malgré la brise qui gonflait les drapeaux, Ludmilla sentit la chaleur sur son visage. Ses mains se resserrèrent sur les épaules de la vieille infirme.

L'avion roulait vers eux.

Il s'était profilé dans l'axe du soleil et il avait semblé à la jeune fille qu'il était né de l'astre lui-même, un enfant d'acier de quelques milliers de tonnes bourré de kérosène, un oiseau géant qui s'était posé avec une infinie douceur sur la peau brillante de la planète.

Sur sa gauche, elle vit les officiels avancer en un carré parfait. Les épaulettes des officiers lancèrent ensemble un éclair d'or.

L'appareil s'était arrêté.

La vieille dame serra les poings sur les accoudoirs du fauteuil roulant.

— Robert, murmura-t-elle.

Le cortège s'était mis en mouvement tandis que deux hommes en treillis installaient la passerelle.

La fanfare éclata. Les mots étaient dans les notes, à travers les trompettes et les tambours ils jaillissaient, et il sembla à Ludmilla qu'elle pouvait les lire dans la clarté vibrante du ciel.

« A travers les montagnes
Au long des fleuves
Dieu te bénisse, Amérique. »

Un vent plus fort se leva et les drapeaux se gonflèrent lorsque, par les portes de la soute, les premiers cercueils apparurent.

Recouverts de la bannière étoilée, les quatre boîtes oblongues glissèrent le long du plan incliné.

— Présentez... Armes !

Les mâchoires du sergent Katzwillerbludzenberg étaient si contractées que Ludmilla pensa qu'il allait briser le cuir de la jugulaire.

Les fusils cliquetèrent sur les poitrines. Les nuques rasées des soldats se raidirent dans le claquement des culasses.

— En joue !

Les larmes que la vieille dame avaient retenues si longtemps se déversèrent, crevant la digue du courage, le monde se noya tandis que le fracas de la salve trouait la douceur paisible du matin.

Le général Wurtz s'approcha du groupe que composaient les familles. Il avait baroudé deux ans en Europe et s'était illustré au Monte Cassino, son régiment avait brisé le cercle des panzers qui clouait les troupes alliées dans les Ardennes, plus tard il avait secondé MacArthur sur le front de Corée, et seule la limite d'âge l'empêchait de se trouver au Viêt-nam. Avec amertume, il avait accepté la tâche macabre que le Pentagone lui avait confiée : rendre les honneurs funéraires aux combattants dont la jungle avait accepté de restituer les corps.

Sa main brandit la liste et égrena les quatre noms.

Ludmilla tressaillit à l'annonce du dernier.

— Robert Strampton !

Ses jambes tremblèrent et elle dut faire un effort pour s'avancer vers la dépouille. L'air sentait la poudre, la fumée des détonations ne s'était pas encore dissoute dans le ciel neuf.

Le général s'inclina vers elle.

Sur le drapeau qui recouvrait le bois brut, quatre médailles avaient été épinglées. Ludmilla en connaissait au moins une : celle du centre, celle-là même pour laquelle Patton aurait donné dix ans de sa vie, celle que ni Grant ni Sherman n'avaient pu fixer à leur poitrine, celle qu'Eisenhower lui-même n'avait pas obtenue : la *Distinguished United States Army*.

Ludmilla tomba à genoux et ses paumes s'accrochèrent au catafalque.

Voici donc tout ce qui restait de celui que, depuis deux ans, l'Amérique entière appelait « le Baroudeur ».

Elle se releva, secouée de sanglots, et ses larmes s'irisèrent dans le soleil. Jamais plus il n'enfouirait ses doigts dans la diaphane blondeur de ses cheveux, jamais plus elle ne verrait le sourire éclatant, les yeux de rire et de tendresse, la boucle retombée sur le front hâlé, jamais plus les lèvres chaudes, jamais plus le charme des soirées des Adirondacks dans la cabane de l'enfance au milieu des chiens et des fourrures, jamais plus la tiédeur des Antilles lorsque le crépuscule mourait sur les plages haïtiennes dans la villa aux colonnes de marbre, jamais plus. Non, cela n'était pas possible, cela ne pouvait pas être, cela ne...

Elle perçut le craquement et vacilla.

Sa main chercha celle de la vieille infirme prostrée près d'elle... quelque chose se passait, quelque chose qui...

Elle vit les médailles trembler devant elle et se jeta en avant ; un millième de seconde plus tard, le couvercle du cercueil explosait.

— Robert !

Son cri n'était pas achevé qu'elle était dans ses bras, le visage pressé contre la poitrine musclée.

Le sergent Katzwillerbludzenberg devait se rappeler toute sa vie cette seconde : pour la première fois depuis son engagement dans l'armée, il laissa tomber son fusil sous la violence de l'émotion.

Le visage de Robert Strampton exprimait en cet instant une virile douceur, il serrait fort la jeune fille contre lui.

— Pardonnez-moi, Ludmilla, dit-il, c'était la seule façon de convaincre l'ennemi qu'il était enfin débarrassé de moi.

— Oh Robert ! dit Ludmilla.

— Je sais que je vous ai causé de la peine...

— Oh Robert ! ajouta Ludmilla.

— Mais je suis un soldat avant tout.

— Oh Robert ! reprit Ludmilla.

— Et les Viets vont s'apercevoir très vite que l'on ne se débarrasse pas si facilement de Strampton le Baroudeur !

Le visage du héros sembla emplir le ciel et, brusquement, disparut.

Victoria Zaraford fixa un instant l'écran de la télé qu'elle venait d'éteindre et se tourna vers sa fille.

— Tu es la meilleure élève du collège, dit-elle, tu as deux ans d'avance, tu te destines à l'économie politique, tu prépares une thèse sur les formes transitoires de l'Etat dans les sociétés à culture avancée, et j'aimerais que tu m'expliques quel plaisir tu peux trouver à regarder d'aussi monumentales conneries.

La jeune fille replaça ses baskets sous ses fesses. Elle avait pour sa mère une grande indulgence, admirait entre autres sa façon de faire des pizzas à l'origan et de se débarrasser dans les bars des types trop collants, mais elle avait toujours eu du mal à s'adapter à ses écarts de langage.

— Ce Baroudeur est un crétin total, poursuivit Mme Zaraford, qu'est-ce qu'il foutait, les pieds dans un cercueil, à rouler des pelles à sa pétasse habituelle ?... Tu peux m'expliquer ça, Punchy ?

Punchy soupira. C'est vrai que l'histoire était

idiote, mais ce n'était pas cela qui comptait. L'essentiel était Andrew Biggs, l'acteur qui, depuis deux ans, était pour l'Amérique entière Robert Strampton, le combattant de l'impossible. Elle avait sa photo collée derrière la porte de son casier au collège, une autre dans chacun des tiroirs de son bureau et la dernière, celle où il avait un bermuda à ramages, des Pataugas et l'air pensif, était amoureusement punaisée sur le mur, masquée par la table de nuit. C'était sa dernière vision avant de s'endormir.

Ce type me démantibule, pensa-t-elle, jamais un autre homme ne m'effleurera.

Sa mère soupira et disparut en direction de la cuisine.

Punchy soupira également et, sans enthousiasme excessif, retourna vers sa table de travail.

Il y avait eu une bonne nouvelle au cours de la journée : un article de *Variety* lui avait appris que Biggs venait de signer pour le tournage de soixante-dix nouveaux épisodes. Elle n'en aurait pas fini de sitôt avec le Baroudeur.

Avant de se plonger dans les études comparées des différentes constitutions des démocraties européennes, elle eut un regard vers le miroir.

Pas jolie.

Pas laide.

Rien de dramatique mais pas de quoi vraiment pavoiser.

En tout cas, c'était pas la peine de tenter de lutter contre la blonde et longiligne Ludmilla.

Contre cette pétasse de Ludmilla, comme disait Victoria qui n'avait pas toujours tort.

Punchy Zaraford ouvrit son livre de classe, ferma les yeux et pensa qu'il était difficile d'avoir seize ans.

Et vingt-cinq ans passèrent.

I

A travers l'ogive des baies ouvrant sur les terrasses, le lac s'étendait, vert bouteille, dans l'entonnoir des montagnes violettes.

Le dernier été du XXe siècle.

— Votre table du soir, monsieur Brookers.

Le maître d'hôtel fit crisser ses mocassins vernis dans un claquement de talons à l'autrichienne, et Jeremy Brookers s'installa à son endroit habituel, le dos aux troènes. De là, il pouvait suivre de l'œil l'enfilade des cyprès et des statues qui descendaient en paliers vers les embarcadères.

Au-dessus de lui les cimes se perdaient dans les nuages crépusculaires. Il aimait cet endroit.

Les vieux palaces étaient de plus en plus rares ; celui-ci, perdu dans les monts du Wendelstein, possédait encore le charme des anciens paquebots, des valets sexagénaires traînaient dans les couloirs silencieux leurs guêtres immaculées.

Dans quelques jours, il ne serait plus possible de dîner dehors, la fraîcheur viendrait avec la nuit, il regagnerait alors la table près de la haute cheminée monumentale et tiendrait là ses quartiers d'hiver, à moins que, cette année, il ne descende vers Bordighera et la Riviera italienne retrouver Carla.

— Votre champagne, monsieur Brookers.

Jeremy prit la flûte et fit tourner l'or du liquide dans le cuivre du couchant.

13

Ça y était. Cinquante balais.

J'aurais dû me faire confectionner un gâteau. Je l'aurais mangé tout seul, devant le lac, en méditant sur les vicissitudes de la vie. Cinq bougies géantes.

Un demi-siècle.

Mon Dieu, ce que la vie avait passé...

— Hans...

Le maître d'hôtel s'approcha avec cette prestesse de bon ton que seuls possédaient les majordomes anglo-saxons.

— Monsieur ?

Jeremy regarda le visage aux moustaches neigeuses. Pas un pore de la peau qui n'exprimât une attente respectueuse et passionnée.

— Prenez un verre avec moi, Hans, c'est mon anniversaire.

L'échine du domestique eut un raidissement imperceptible.

— Je présente tous mes vœux à monsieur, mais il est délicat pour moi de boire avec monsieur, certains clients ne comprendraient pas ; je tiens cependant à remercier monsieur de son geste et à lui réitérer mes vœux.

Brookers hocha la tête. Allez au diable tous, je resterai seul et m'efforcerai d'être heureux de l'être... Il pouvait y avoir un plaisir amer à sentir venir le temps des inéluctables solitudes.

Et puis l'argent adoucissait tout, il valait mieux fêter cette journée seul sur les dalles de marbre d'un palais perdu dans les forêts germaniques qu'avec six mômes hurleurs entassés dans une cuisine du Bronx de six mètres carrés.

Brookers leva son verre à nouveau et porta un toast vers le ciel rouge.

— A toi, Jeremy, dit-il, te voilà reparti pour un tour. Aux cinquante prochaines années et qu'elles te soient favorables.

D'un geste, il appela l'un des serveurs et commanda du béluga sur glace, ce n'était pas idéal pour son cholestérol mais il fallait savoir vivre dangereusement... Il se renversa sur le dossier capitonné de son fauteuil avec un soupir de béatitude et il lui sembla que quelque chose venait de changer dans le paysage.

Il se redressa.

Le charme du spectacle qu'il avait sous les yeux depuis quelques longues soirées venait de son immobilité ; c'était cela qu'il appréciait, les trente premières années de sa vie avaient été suffisamment mouvantes — le terme était faible — pour qu'à présent il aimât au plus haut point les décors figés.

En grand amateur de paisible sérénité, il était fatal que...

Ça bougeait tout en bas, dans les branches basses.

Il décolla légèrement les épaules du siège.

C'était sur le côté, près des premières marches et de l'avant-dernière statue, non loin de la rive du lac. Une silhouette rapide. Quelqu'un se cachait.

Il se retourna et jeta un coup d'œil sur les tables derrière lui. Hans achevait d'allumer les bougies et la flamme éclairait les visages des clients. Il y avait les deux Hollenbach ; le couple prétendait descendre d'une branche latérale d'une cousine de François-Joseph, ils avaient des propriétés immobilières dans le Schleswig-Holstein et des parts dans plusieurs mines de Silésie. Plus loin, la longue figure falote du prince Cacciarti ; il chassait depuis des lustres le bouquetin dans les montagnes d'Europe avec une canardière au canon frappé à ses armes. Sur la gauche, Niclo et Samantha Bacalandreou, olives en gros et diamants bruts. Tous étaient là, aucun ne musardait dans le fond du parc.

Samantha Bacalandreou vit le regard de Brookers fixé sur eux et souleva avec difficulté un avant-bras sculpté dans le saindoux, agitant dans sa direction les cinq saucisses blanchâtres qui lui servaient de doigts. Les bracelets cliquetèrent, rubis, améthystes et saphirs étincelèrent, mais il avait déjà détourné le regard.

La nuit tombait vite. Jeremy Brookers comprit que dans quelques minutes, lorsque le dernier incendie du crépuscule se serait propagé au-delà de l'horizon, il serait impossible de distinguer une ombre d'une autre ombre.

Sans hâte, il se leva.

De sa main droite, il chercha le paquet de cigarettes dans la poche intérieure de son smoking et descendit vers les eaux pourpres. Le caviar attendrait.

L'odeur de la terre et des feuilles mouillées par l'averse récente pénétra ses narines.

Ce ne pouvait être quelqu'un de l'hôtel : l'apparition avait été trop furtive. L'être qui rôdait en ce moment dans le parc se dissimulait.

Une à une les statues défilèrent lentement sur son passage. Perséphone à gauche, Artémis à droite. La gueule de marbre des lévriers s'entrouvrait sur le ciel... Plus bas, une déesse aux cuisses lourdes dressait vers les montagnes proches une face martyrisée ; il avait su son nom, Carla le lui avait appris la saison précédente. Elle savait tout. Toujours. C'était horripilant.

Il s'arrêta et sentit la fraîcheur de la mousse traverser la semelle de ses mocassins. Il alluma une Stuyvesant et, à la première bouffée, perçut le chuchotement sur sa gauche.

C'était à l'orée du parc. Ils étaient deux.

Il fit trois pas et se coula contre le socle de Diane. La flèche de son arc bandé coupait le ciel d'un trait rectiligne.

Le silence était revenu. Brookers écrasa la cigarette sous son talon et contourna la Chasseresse.

A travers les branches basses des sapins, il vit les deux hommes.

La musique.

Elle venait de naître, là-haut, sur la terrasse, un

orchestre s'y installait chaque soir, quatre septuagé-
naires aux archets vibrotants profitaient de la
pénombre douce pour s'endormir sur Massenet,
Edouard Lalo ou Meyerbeer. Des notes égrenées et
ténues, lamentables et attendrissantes, nées d'un
quatuor d'égrotants, emplissaient la nuit de la
vallée.

Brookers avança, courbé, zigzaguant entre les
arbres, et s'accroupit.

Ils étaient là, à quelques mètres. Il distingua
l'objet que le grand tenait entre ses mains, le rougeoiement de l'ultime rayon lécha le métal et Jeremy
sentit chacun des poils de ses avant-bras saisi d'une
vie indépendante.

Il avait déjà vu plusieurs fois ce genre d'engin :
c'était un détecteur de bombes.

Qu'est-ce que ces deux types fabriquaient, dans
l'hôtel le plus suranné qui puisse exister au creux
des montagnes entre Vienne et Salzbourg, avec une
machine pareille ?...

Il fallait agir.

Il se souleva à demi mais son geste fut bloqué par
une impression désagréable : contre sa tempe, juste
au-dessus de son oreille, un cercle de métal froid lui
glaça la peau.

Il se tourna avec circonspection et ne réussit pas
à distinguer le visage de l'homme qui tenait le revolver.

Comme à la télé, pensa-t-il, le genre de situation
qui clôt l'épisode, juste avant le passage des pubs...

Jossip Sprijnik croisa précautionneusement les
jambes en préservant le pli de son pantalon et
constata avec une stupéfaction doublée d'épouvante
que, sous les hautes verrières de la salle de conférences, ses chaussettes d'une nuance délicatement
banane étaient devenues carrément pisseuses.

17

Voici ce que douze années d'études dans les plus grandes universités américaines (dont trois passées à la fameuse *Diplomatic School*) n'apprenaient pas : la couleur dépendait de la lumière. Or, lorsque l'on savait l'importance qu'attachait Antonia Gorbachian à la tenue des membres de son cabinet personnel, Jossip se dit qu'au lieu d'interroger les étudiants sur le traité de Brest-Litovsk ou l'analyse comparée du droit financier international en matière de rapports monétaires, les programmes auraient dû comporter des concours d'élégance. Cela aurait été plus agréable et surtout plus utile.

Il toussota et se trémoussa nerveusement sur sa chaise pour faire descendre son pantalon le plus bas possible sur ses chaussures.

— Tu t'es fourré du poivre dans le caleçon ?

Sprijnik haussa des épaules offensées. La vulgarité de son collègue français le surprenait toujours. Un excellent économiste mais infréquentable.

Les autres — les deux autres — formaient ce que l'on appelle le dessus du panier en matière de cerveaux organisationnels. Le responsable des relations publiques avait la chevelure d'astrakan des toreros andalous, la moustache des conquistadors, le teint olivâtre des Sévillans, la cambrure des danseurs de tango, le pas chaloupé des voyous de Buenos Aires, l'œil velouté des souteneurs espagnols, et était né en plein centre de Londres d'une mère galloise et d'un père originaire du Sussex. Le dernier était allemand et ressemblait à un camion-citerne dressé sur ses roues arrière.

Tous les quatre ouvrirent leurs attachés-cases et déballèrent les dossiers du jour.

Jossip, bien qu'il eût pu les réciter par cœur, se mit à relire frénétiquement les deux feuilles dactylographiées du rapport DE 27 (déplacement étranger n° 27) et vérifia à sa montre de plongée : dans moins de douze secondes, elle entrerait.

Douze secondes plus tard, elle entra.

Les Américains l'appelaient Sibérie, les Russes Alaska.

Chaque pays d'Europe lui avait décerné un surnom ; pour les Hollandais elle était Stalactite, pour les Belges Engelure, pour les Français Mère Adélie. Suivant les milieux, les nations, les caricaturistes, journalistes et chansonniers, c'était Frigie, Moins-Quinze, Banquise, Gelati, Mémé Mourmansk, etc. On racontait que le pape lui-même l'avait surnommée la Calotte, non pour ses options cléricales mais pour l'impression polaire qu'il avait ressentie à son contact.

Elle avait été mariée à Boris Gorbachian, immigré arménien, une dizaine d'années plus tôt. Gorbachian devait décéder très exactement dix-sept jours après la cérémonie nuptiale. Les mauvaises langues prétendaient qu'il était mort de froid. Un infarctus foudroyant paraissait être une cause plus vraisemblable.

Depuis, la veuve Gorbachian portait des robes noires ou grises, gris-noir ou noir-gris, et avait stupéfié la planète en prononçant en Mondovision son discours d'investiture en tailleur gris à pois noirs. Il faut préciser qu'elle n'avait jamais renouvelé cette excentricité et avait commandé une batterie de robes, jupes, corsages, vestes et manteaux qui allaient de l'anthracite le plus extrême au ferreux le plus soutenu, en passant par toutes les nuances de la cendre froide. Ses adversaires politiques soutenaient qu'il suffisait de pénétrer dans sa penderie pour en ressortir à jamais dégoûté de l'existence.

Tout cela ne l'empêchait pas de se maintenir avec une fermeté et une efficacité exemplaires à la tête du gouvernement européen dont elle était la Présidente.

— Jossip, dit-elle, réglons d'abord les derniers détails de ce voyage. Où en êtes-vous ?

Jossip se racla la gorge et s'efforça de placer sa voix sur un registre grave mais il se produisait toujours le même phénomène : bien qu'il fût considéré à la chorale de sa paroisse comme un bon baryton, sa voix montait dès qu'il se trouvait en présence de la Présidente ; il s'entendit donc parler une fois de plus sur un registre de sansonnet.

— Compte tenu des emplois du temps respectifs des présidents danois, finlandais, portugais et du vôtre, la rencontre pourrait avoir lieu dans quatre jours, le 17 exactement, et se situer en Autriche, au Luxembourg ou aux Canaries, à votre choix. Les lieux choisis sont précisés et les brigades de sécurité se sont déjà mises à l'ouvrage dans les trois endroits concernés.

L'Anglais passa une paume précautionneuse sur les crans de sa chevelure et intervint.

— Le 17, l'inauguration d'une crèche construite avec les capitaux du Fonds monétaire européen est prévue dans le bassin rhénan.

La Présidente ne cilla pas.

— Envoyez Judith, elle adore les nourrissons.

Le Camion-Citerne hocha la tête et nota la présence de la secrétaire générale aux Droits et à la Défense de l'enfant à la corvée de risettes.

— Quels sont les desiderata de mes distingués collègues quant au lieu ?

— Je me suis mis en rapport avec leurs chefs de cabinet respectifs, dit Jossip, le Danois et le Portugais sont tombés d'accord sur le Luxembourg, l'un parce que c'est plus près et qu'il déteste les voyages, l'autre parce que c'est le plus loin et qu'il les adore.

— Le Finlandais ?

— Les Canaries le tentent, M. Roskoejaborg souffre de rhumatismes et recherche le soleil.

Elle ne prit pas même un quart de seconde de réflexion, la décision tomba.

— Je ne me déplace pas pour leur faire plaisir. Ce sera l'Autriche.

Jossip s'inclina.

Antonia baissa les yeux. Jossip avait toujours été frappé par la longueur de ses cils.

— Autre chose, Jossip...

— Madame la Présidente ?

— Dites à votre femme de vous acheter d'autres chaussettes, comment osez-vous porter des horreurs pareilles ?...

Le Camion-Citerne klaxonna un rire tonitruant comme s'il doublait sur l'autoroute.

— Ça nous a donné mal au cœur à tous ce matin, renchérit le Français.

— C'est vrai, dit l'Anglais, nous avons failli vomir.

Jossip prit son courage à deux mains.

— Je peux les enlever tout de suite, murmura-t-il.

Il y avait autre chose que Jossip avait remarqué. Lorsqu'elle souriait, et la chose se produisait en moyenne deux fois par an, la Présidente portait la fossette à gauche.

— Je vous autorise momentanément à les garder, dit-elle. Allons, la récréation est finie ; Jossip, vous achevez de m'installer la sécurité pour le 17. L'opération n'est pas classée à haut risque ?

— Aucun des pays participants n'a actuellement de problèmes majeurs d'origine terroriste, interne ou externe.

— Alors si vous me supprimiez la couverture de protection aérienne, cela m'arrangerait. J'ai horreur d'avoir des hélicoptères au-dessus de ma tête pendant que je discute, et évitez également de me coller des types qui furètent dans mes jambes pour chercher des mines.

— Je m'en occuperai personnellement, dit Jossip.

— Problème réglé, poursuivit Stalactite, j'en viens au deuxième point. Certains de mes collègues, et en particulier les Luxembourgeois, se plaignent des mailles du filet fiscal européen qui ont tendance à laisser échapper les gros capitaux et à retenir les petits... Que diriez-vous d'un chalut qui libérerait les mérous mais garderait les sardines ?...

Le conseiller français avala sa salive avec un bruit de clapet.

— J'avais proposé un système de mesures en janvier dernier qui permettait de...

— Irréalisable. Il me faut des propositions concrètes, planchez là-dessus, je veux un rapport sur mon bureau dans trois semaines, c'est une priorité absolue.

Le menton du conseiller se mit à pendre lamentablement.

— J'étais sur une étude d'un nouveau calendrier européen qui propose le déplacement des fêtes nationales des différents pays et qui, sans froisser les susceptibilités, permettrait de regrouper tout en trois journées. Ainsi le 14 Juillet serait fêté, le 13 août, de même pour le 11 Novembre qui...

— Refilez ça à un stagiaire. On passe à l'ordre du jour. Andrew, c'est à vous.

Jossip soupira et se mit en posture d'écoute.

Devant lui, Antonia Gorbachian battait la mesure des deux doigts de sa main gauche. Ainsi placée, le buste droit, avec la courbe de la joue tendue, elle était presque jolie, la Mère Adélie.

Jolie même.

Enfin pas complètement. Il ne manquait pas grand-chose. Mais quoi ? Un peu de vie dans l'œil peut-être. Oui, ce devait être cela, elle pétait le feu, vivant à dix mille à l'heure, tenant un continent dans son poing fermé, et pourtant quelque chose dans la pupille ne parvenait pas à faire fondre les glaces, quarante années de glace...

— Jossip, vous entendez ce qu'on vous dit ?

Il sursauta. Avec terreur, il s'aperçut qu'il rêvassait depuis un quart d'heure.

— Excusez-moi.

— Je suis donc obligée de vous répéter que je n'accorderai aucune interview relative à cette mini-rencontre. Seule la télévision autrichienne sera autorisée à pénétrer dans la salle de conférences.

Vous avez la responsabilité entière de l'organisation. Vous risquez votre tête. A demain.

Tous se levèrent et la regardèrent disparaître.

La porte se referma. Les conseillers se détendirent.

— C'est drôle, dit le Camion-Citerne, si elle marchait moins vite, je suis sûr que ses hanches onduleraient.

Jossip Sprijnik sentit une grande bouffée de sympathie l'envahir : cette mécanique teutonne était moins inhumaine qu'il n'y paraissait.

Jeremy Brookers se réveilla en sursaut et jura en italien.

C'était la langue qui lui semblait la plus propre à exprimer l'insatisfaction, et Carla l'avait suffisamment baladé dans les faubourgs de Naples pour qu'il ait pu acquérir en ce domaine un répertoire exceptionnellement riche. Le souvenir du flingue sur la nuque s'estompait. C'était un jeunot des services de sécurité de la Présidente qui faisait du zèle, il avait cherché à savoir si lui, Jeremy, ne posait pas de bombes ou de mines antipersonnel dans les fourrés. L'interrogatoire avait bien duré dix minutes. Un crétin.

Mais la raison présente de son mécontentement était autre : il s'était une fois de plus endormi au soleil sur la terrasse, et sans se tartiner le nez d'écran protecteur.

Résultat : une tomate mûre en plein milieu du visage.

Il s'approcha du miroir de la salle de bains à le toucher, et frémit.

La catastrophe avait été évitée de justesse. L'appendice avait rosi à l'extrémité et aux deux ailes mais rien d'irréparable, et surtout, il n'avait pas encore atteint le degré irréversible de la pelade. Car si un nez rouge était ridicule, un nez desquamé offrait à coup sûr au monde un spectacle encore plus lamentable.

Il l'avait échappé belle. Il évalua ses chances : en utilisant une crème mi-grasse à coefficient de réparation spécial *after-sun for face* comprenant des extraits apaisants d'origine végétale, de l'huile d'hélianthe à 1 % et des extraits de karité à complexe polypeptidique tissulaire filtrant à aminoacide de force 4, il devrait pouvoir s'en sortir.

Imbattable sur les crèmes, lotions, laits, mousses, huiles préparatrices, protectrices, réparatrices, il pensait parfois que, s'il additionnait tous les moments passés à oindre son visage et son corps de tous les corps antigras, subgras, hypogras, hypergras, gras, mi-gras et non gras depuis son premier maillot de bain, il arriverait certainement à plusieurs années, trois peut-être... trois ans à s'enduire le pif et le reste de huileuses cochonneries. Dans ses moments de dépression, il lui semblait parfois que c'était l'activité à laquelle il s'était le plus adonné. Il arriverait — bronzé évidemment — au jour du Jugement dernier devant un saint Pierre sévère.

— Et vous, quelle était votre profession ?

— Je me suis enduit de crème solaire sur les plages à la mode.

Jeremy soupira, ouvrit le tiroir de la coiffeuse et commença à farfouiller au milieu des tubes et pots de pommade.

Après tout, ce n'était pas sa faute, il ne tenait pas particulièrement à se faire bronzer, mais les femmes aimaient le cuivre des peaux, comme si le hâle était la couleur de l'amour, peut-être l'était-il d'ailleurs, elles étaient mieux placées que lui pour le savoir.

Avec d'infinies précautions, il se massa l'appendice nasal du bout de l'index préalablement recouvert de la mixture *ad hoc* et se dit une fois de plus qu'il avait le soleil en horreur. Pas plus bête que le soleil, planté tout seul dans le ciel, rond comme un clown, et mauvais avec ça...

Il y avait trois ans, Carla l'avait entraîné dans une équipée folle sur une île pour naturistes, il avait dû rester sans slip pendant quatre jours.

Un calvaire.

Surtout durant les garden-parties.

Un jour, ils avaient reçu tous leurs voisins de bungalow. Ils devaient être trois cents. Il se tenait à la porte pour serrer les mains. Il avait eu une impression de cauchemar, toutes ces fesses tremblotantes autour de lui à perte de vue... Il s'était réfugié sur le toit et s'était endormi sous le coup de la fatigue et des cocktails, et crac, le coup de soleil en plein zizi. Souvenir cuisant. Lorsqu'il était redescendu, il ressemblait au drapeau japonais. Carla s'était tordue de rire et avait chuchoté la nouvelle à l'oreille de sa meilleure amie... Deux heures plus tard, la planète était au courant, du premier palace des Bahamas au dernier quatre étoiles de San Remo en passant par Kitzbühel, Nice, Vevey et les lacs italiens.

Douloureux avec ça... il avait dû adopter pendant une semaine une démarche empruntée à la fois à John Wayne et au crabe de rivière. Il avait également été obligé de s'envelopper l'objet de gazes protectrices pour éviter les frottements.

Et puis, évidemment il avait pelé, période qu'il avait ressentie comme profondément frustrante et antiérotique. Une aventure qui avait failli le conduire vers un ordre monastique.

Brookers s'essuya les doigts, loucha sur son appendice nasal et décida de s'octroyer une bouffée de cigare, une rasade de whisky et un coin à l'ombre. Il en avait besoin car la journée avait été particulièrement agitée : à dix heures tapantes, les voitures étaient arrivées ; un cortège impressionnant. De la fenêtre, il avait vu des hommes prendre place sur le toit de l'hôtel et d'autres dans les branches basses des sapins. La veille, la moquette des trois étages avait été changée. Le directeur avait expliqué entre deux rafales de coups de marteau que le président de la République finlandaise avait horreur du vert. Des drapeaux, dont l'oriflamme européenne, avaient été installés au-dessus de la porte et la direction de l'établissement avait fait comprendre avec force circonlocutions que si ses chers habitués pouvaient éviter le salon de musique pendant vingt-quatre heures, ils seraient vraiment sympas, et que le champagne millésimé qu'ils trouveraient dans leur chambre, régulièrement renouvelé à leur demande, serait un faible dédommagement aux inconvénients apportés par cette visite qui, etc., etc.

C'est donc en finissant la deuxième bouteille de Veuve-Cliquot que Jeremy s'était endormi.

Il était près de dix-huit heures lorsqu'il reparut sur la terrasse et que le silence des montagnes fut troublé par un vrombissement de moteurs en dessous de sa fenêtre. Il vit la calandre d'une Rolls briller sous les branches des sapins qui masquaient en partie l'allée. A hauteur des deux ailes avant, les fanions palpitaient dans le vent. Des motos démarrèrent en faisant gicler les graviers.

Il en déduisit que la conférence était finie et poussa un soupir de soulagement.

Dans trois jours, Carla serait là avec ses quinze malles, ses perruques multiples et ses médicaments en avalanche, elle mettrait l'hôtel sens dessus dessous, voudrait sans doute se rouler dans le stupre avec lui en plein lac ou en pleine montagne, et il apparaîtrait aux yeux de tous ceux qui ne le savaient pas encore pour ce qu'il était réellement : un gigolo pas très jeune pour dame plus jeune du tout.

Depuis quelques années, Carla était la seule qui l'entretenait, il en avait fini avec les fausses duchesses roumaines, les pseudo-héritières d'armateurs grecs et les concubines fuyant des banquiers libanais. Carla et Carla seule.

Ça ne pouvait pas s'appeler de l'amour mais c'était plus reposant.

Enfin, relativement car elle était tout de même la recordwoman des lubies parmi lesquelles cette fichue manie de vouloir faire l'amour dans les endroits les plus inadéquats.

Elle l'avait successivement, et dans le désordre, obligé à forniquer dans un canot pneumatique au large des côtes du Groenland (sa bronchite de 1986), dans l'ascenseur réservé aux pompiers et au personnel de service du building de la Pan Am, derrière le pilier gauche de la tour Eiffel (voyage en France de juin 1987), dans le temple funéraire d'Hatchepsout à Deir el-Bahari, sur la place Tieanmen à Pékin le jour anniversaire de la révolution chinoise, dans une citadelle maya à Cuzco, parmi tout un car de touristes hollandais, etc., etc.

Mais cela faisait partie du métier et, sans qu'il éprouvât pour elle la plus petite once de sentiment passionnel, il nourrissait pour Carla Nelgarondo une tendresse amusée.

Jeremy Brookers bâilla, se livra très mollement à quelques exercices d'assouplissement et s'habilla. Le champagne lui avait collé une légère migraine mais il avait le temps, pour la dissiper, de descendre prendre l'air du soir en bordure du lac avant le dîner. Cela lui permettrait de se sentir solitaire, élégant et précieux, minuscule présence humaine au cœur des montagnes. Quelques minutes de nostalgique méditation sur la relativité de l'existence n'avaient jamais fait de mal à personne.

II

C'était une odeur d'eau morte sucrée aux nénuphars. Elle venait du lac et charriait avec elle les vents du soir frottés aux mousses et aux herbes des sommets.

Antonia ferma les yeux, respira et sentit l'automne tout entier gonfler ses poumons. Des images d'enfance surgirent : les feuilles mortes, la terre dorée, les soleils pâles sur les premières laines, les bulles qui crevaient la surface écarlate de la bassine à confitures, la tronche éructante et honnie de Miss Pettypiver, l'institutrice. Cela faisait tant d'années qu'elle n'avait pas eu le temps de se souvenir...

Si elle faisait les comptes, depuis quinze ans, la vie lui avait réservé un petit quart d'heure de vacances : celui qu'elle était en train de vivre.

Alléluia !

Les trois chefs d'Etat étaient partis. Le Finlandais s'était endormi quatre fois au cours de la discussion. Il était considéré comme particulièrement vert pour son âge mais, à quatre-vingt-treize ans, sa verdeur jaunissait. En tout cas, il avait été décidé que rien ne serait vraiment décidé, ce qui était en soi une décision, et le communiqué rédigé en commun était un chef-d'œuvre de littérature diplomatique ; il insistait particulièrement sur le pas en avant que représentait cette journée d'où l'entente européenne ressortait affermie. Le danger d'une partition d'une petite Europe au cœur de la grande Europe avait été jugé profondément antieuropéen.

C'est dans le silence revenu qu'elle avait pu jeter un coup d'œil à l'extérieur de l'hôtel. Des terrasses, elle avait apprécié le paysage, le son lointain d'une clochette et la descente douce des statues jusqu'aux eaux calmes... Une barque avait passé sur le fil blond de l'horizon, et c'est à cet instant que l'idée lui était venue, d'un coup, capricieuse et invincible.

Et si je passais la nuit ici ?...

Elle avait croisé quelques serviteurs vénérables, respectueux et perclus. Elle imagina l'odeur de vieux bois ciré des chambres, les branches de sapin effleuraient les fenêtres ; elle dormirait là, dans le silence des forêts, sous des couettes anciennes... Il y aurait bien quelques protestations du côté de l'état-major de la sécurité, mais après tout c'était qui le chef ?... Hein ?... Qui c'était ?... Non, mais sans blague, et si je veux rester, moi ? C'est pas un gros flic qui va faire sa loi à la maîtresse de l'univers, alors ils vont voir de quel bois Superwoman se chauffe... Depuis le temps qu'ils m'appellent Iceberg, ils vont voir si je ne vais pas leur glacer les sangs, à ces foutriquets...

D'excellente humeur, elle décrocha, annonça qu'elle passerait la nuit au Wendelstein Hotel, qu'elle dînerait seule et que l'hélicoptère devrait décoller le lendemain matin à sept heures trente, de façon qu'elle soit au boulot à neuf heures. Pas de discussion et que ça saute ! Elle raccrocha, ravie.

Et voilà le travail.

Il y eut force cavalcade dans les couloirs, mais vingt minutes plus tard, elle entrait dans ses appartements, sifflotait sous la douche — ce qui ne lui était pas arrivé depuis quinze siècles —, changeait son corsage gris et sa jupe noire contre une jupe grise et un corsage noir, et s'octroyait une balade en attendant de se payer une dînette d'enfer car l'air était vif et creusait sacrément...

Dans le hall, elle croisa Al Bedwards, le responsable de la protection rapprochée. Celui que George Bush appelait autrefois Chewing-Gum.

— Je vais faire un tour vers le lac, si j'aperçois un seul centimètre de l'un de vos hommes, je vous mute à la circulation à Bucarest.

Bedwards poussa un gémissement, s'inclina et commença à plaider sa cause.

— Quatre hommes à quinze mètres derrière vous...

— Non.

— Trois hommes à vingt-cinq...

— Non.

— Un homme à cinquante.

— Non.

Bedwards s'effondra et suivit de l'œil sa protégée. Ce n'était pas la pire. Quelques années auparavant, il s'était occupé d'un chef d'Etat péruvien qui sortait la nuit par les égouts déguisé en femme avec panoplie sado-maso et talons aiguilles. Mais tout de même, ce soir elle exagérait, car évidemment, si quelque chose arrivait, ce ne serait pas à elle qu'on s'en prendrait...

A deux cent cinquante mètres de là, une des sentinelles rendit son portefeuille à Jeremy qui le remit dans sa poche.

— Vous n'êtes pas physionomiste, dit ce dernier, vous m'avez collé avant-hier votre revolver sur la nuque.

— Excusez-moi, ce sont les ordres. Vous pouvez passer.

Brookers haussa les épaules et se mit à longer le lac.

Déjà sa migraine se dissipait.

Le soleil avait disparu derrière les chaînes et une ombre violette s'accumulait dans les combes et le fond des vallées.

Il s'arrêta, alluma un cigare et souffla la fumée, la tête levée vers le ciel. Au loin, presque au centre du lac, le dernier bac s'éloignait et la coque du bateau captait le restant de la lumière du jour, il glissait dans un silence parfait, l'étrave creusant la soie des eaux.

Il n'y avait jamais personne de ce côté de la rive ; en face on distinguait vaguement des barques de pêcheurs, peut-être y avait-il une route, un village, mais ici, jamais il n'avait rencontré un seul promeneur. Cela conférait à l'endroit un charme de bout du monde, une paix fantomatique et...

Juste à ce moment-là, il la vit.

Par un réflexe de séducteur professionnel, il rentra le ventre. La lumière venait de derrière elle et il voyait mal le visage. Elle avait une silhouette indéniablement agréable. Un mouvement dans les hanches. Un corsage triste, une jupe tragique. Chanel les deux, mais lugubres quand même. Depuis vingt ans qu'il traquait la femme sur le retour, il avait l'œil. Pas de bijoux, talons plats, coiffure rapide... Quelque chose en elle était familier, mais quoi ?... L'inverse de Carla en tout cas qui, à cette heure, se serait baladée en pyjama lamé avec trente tours de perles fines pendouillant sur le poitrail. Qu'est-ce que cette créature pouvait bien fabriquer dans ce coin perdu ?

Trente mètres les séparaient. Ils allaient se croiser. Elle devait séjourner à l'hôtel, comment se faisait-il qu'il ne l'ait encore jamais aperçue, ou alors... oui, il avait déjà vu ce visage. C'était cette bonne femme qui... Gorbarian... Manouchian, quelque chose dans ce style... Non, ce n'était pas elle !

Vingt mètres.

Je ne vais quand même pas sortir mes lunettes pour vérifier si c'est bien la tête de carême aperçue dans les journaux ou à la télé... Et puis, elle ne serait pas seule à déambuler ainsi, elle serait accompagnée de gardes du corps.

Dix mètres.

Il prit l'air détaché, caressa de la main le parapet de pierre et ralentit sa marche.

Elle le regardait avancer vers elle.

Il eut la curieuse impression que plus l'intervalle qui les séparait se raccourcissait, plus les yeux de la promeneuse s'agrandissaient.

A cinq mètres, il vit les cils battre et la bouche s'ouvrir. Il jeta un coup d'œil rapide derrière lui pour vérifier si un yeti surgi des forêts proches n'avait pas jailli juste dans son dos.

Ils étaient face à face et s'arrêtèrent.

C'était bien elle : la Présidente.

Il s'inclina en s'effaçant, laissant le passage.

Antonia Gorbachian ressentit à cet instant le plus grand choc de sa vie. Ses pupilles étaient si dilatées que Jeremy vit le lac entier entrer dedans. Une main se tendit vers lui tandis qu'une voix vibrante d'émotion proférait :

— Vous êtes Robert Strampton, le Baroudeur de l'Amérique !

Jeremy Brookers accentua l'inclination de son buste et saisit la main tendue.

— C'est moi en effet, enfin ça l'était. Mes respects, madame Manouchian.

— Gorbachian.

— Madame Gorbachian.

Elle était pétrifiée. Il vit les lèvres bouger à vide comme celles des membres de son Junior Fan-Club lorsque les lycéennes agitaient des drapeaux sur son passage ou se couchaient devant les roues de sa Maserati sur le chemin des studios de télé. Cela le rajeunit d'un coup et il tenta d'arborer le regard conquérant d'autrefois quand il démolissait les Viets par paquets de douze devant les caméras de CBS.

— Puis-je vous offrir un verre, si le protocole le permet ?

Elle hocha la tête avec force.

— Il y a un bar dans cet hôtel ? dit-elle avec un geste large en direction des sommets.

— Oui, dit-il, j'y suis tous les soirs.

Elle enregistra l'information comme si on venait de lui annoncer l'explosion simultanée, sur l'espace européen, de quinze réacteurs nucléaires.

— Le Baroudeur ne buvait jamais autrefois, protesta-t-elle.

— Il a changé ses habitudes.

Elle eut un tiers de sourire. Cela faisait cinq ans qu'aucun journaliste n'avait pu lui en tirer autant.

C'est alors que les eaux du lac s'animèrent.

En contrebas, ils virent des bulles crever la surface et des ondes se formèrent. Jeremy laissa tomber son cigare. Une présidente de l'Europe et un monstre des profondeurs marines en même temps, cela faisait beaucoup pour un seul homme. Une forme émergea, luisante et goudronneuse, sans doute une pieuvre géante ou ce truc à long cou dans un lac d'Ecosse... Antonia Gorbachian fit deux pas en direction de l'effroyable apparition et se pencha vers elle.

— Sortez immédiatement d'ici, Bedwards, vous êtes ridicule !

La tête acheva d'apparaître, le torse de l'homme-grenouille suivit. Il enleva son tuyau, expédia un jet d'un demi-litre d'eau sale, et sa face congestionnée apparut. Les ailes blafardes du nez tranchaient sur le bleu de Prusse du reste de la face.

— Ces salopards m'ont refilé des bouteilles d'air vides, haleta-t-il, ils vont entendre parler de moi.

— Mais moi, je ne veux plus entendre parler de vous. Je vous avais demandé de ne pas me suivre.

Bedwards s'extirpa avec peine de la vase. Il ressemblait à un tube de colle trempé dans une poubelle et dégageait une odeur d'une violence prodigieuse.

Antonia recula vivement.

— Je rentre à l'hôtel avec monsieur, dit-elle, nous serons au bar, j'espère ne pas vous y rencontrer, ni vos sbires ni vous, surtout dans cette tenue...

Bedwards se prit les palmes dans une racine et glissa, expédiant un jet de boue liquide devant lui.

— Mais qui est cet homme, gémit-il, je ne peux accepter de...

— Ne vous inquiétez pas, dit la Présidente de l'Europe, vous me laissez entre les mains du Baroudeur de l'Amérique.

Bedwards chancela sous le choc et les regarda s'éloigner dans la brume écarlate que le meurtre progressif du soleil conférait à la vallée de Wendelstein.

Hans avait fait allumer les chandeliers de toutes les tables bien qu'ils fussent les seuls hôtes de la terrasse.

Jeremy pensa qu'on les voyait de l'autre côté des eaux, ils devaient former deux taches minuscules dans une lumière diffuse perdue au cœur des sapinières.

Le goulot de la deuxième bouteille de champagne tinta contre la paroi d'argent du seau à glace.

Tous les serveurs étaient là, dissimulés dans l'ombre des colonnes, prêts à jaillir des starting-blocks au premier claquement d'ongle. Dans le noir absolu de la montagne autrichienne, les étoiles brillaient. Il ferait beau demain encore.

Leurs voix montaient, droites et claires. Jeremy pensa qu'il existait peut-être des endroits où parler était plus facile... peut-être les entendait-on des cimes les plus hautes ; les sons se propageaient, légers et musicaux.

— Cent quarante-deux épisodes, soupira-t-il. Onze années de tournage ininterrompu. Mon agent s'est amusé à calculer le nombre d'ennemis que j'ai liquidés, je me souviens encore du chiffre : j'ai sept mille deux cent soixante-trois cadavres sur la conscience.

34

Antonia rit. Elle se sentait tellement bien qu'elle eut envie d'une cigarette et commença à loucher sur le paquet posé sur la nappe.

— Le héros parfait, dit-elle : courage, rectitude morale, un sens aigu de la patrie.

— Et une seule fiancée, ajouta-t-il.

— Ludmilla.

Il emplit à nouveau les flûtes. Il avait une eau de toilette imperceptiblement poivrée.

Un truc à tomber raide.

Ne tombe pas raide, bien sûr c'est le Baroudeur, mais tu es la Présidente. De plus, tu es une vraie présidente et lui est un faux baroudeur... Il a peu changé. Enfin si, il a changé, mais peu.

L'or joue dans le cristal, les bulles montent, elles vont dépasser la surface du liquide, elles atteindront le ciel, emportant notre double image dorée à travers leurs sphères creuses.

— Cette grande saucisse si parfaitement blonde... je détestais Ludmilla, dit-elle.

— Moi aussi. Elle couchait systématiquement avec les cadreurs pour se faire tirer le maximum de gros plans et buvait tellement qu'il fallait la tremper dans une baignoire d'eau froide avant chaque prise. Elle perdait la mémoire, et quand nous avions une scène, elle scotchait son texte sur mon ventre, elle le lisait les yeux baissés, et c'est comme ça qu'elle est devenue la Petite Fiancée Pudique de l'Amérique...

Elle tendit la main, sortit une cigarette du paquet et la fit tourner entre ses paumes.

— Pendant deux ans, je n'ai pas manqué un épisode, dit-elle. Ma mère a failli me déshériter plusieurs fois. Elle ne comprenait pas comment un tel amas de niaiseries pouvait me fasciner autant.

— Vous avez vu celui où je tentais d'enlever Mao Tsé-toung ?

Elle approcha l'extrémité du cylindre de la flamme de la bougie et aspira doucement. C'était une sensation ancienne, chaude et parfumée, une fête câline... Quelle imbécile d'avoir arrêté...

Elle renversa la tête contre le dossier et pointa sa cigarette en l'air.

— Aldébaran, dit-elle, et Bételgeuse à droite.

Jeremy hocha la tête.

— Je n'ai jamais su leurs noms.

Antonia posa son regard sur son compagnon. La moire des revers de son smoking s'animait de méandres soyeux dans la flamme des bougies.

— Et après, dit-elle, qu'avez-vous fait lorsque le Baroudeur a disparu ?

— J'ai disparu avec lui. Le rôle m'avait trop marqué. J'ai joué *Le Cid* à Broadway pendant quatre jours, les gens ne comprenaient pas que je ne liquide pas le Comte à la kalachnikov dès le premier acte... J'ai fait une reconversion.

Il fit tourner le restant de champagne dans son verre.

— Le golf, dit-il, je vends des cannes de golf.

Pourquoi est-ce que je choisis le golf ? Je n'ai jamais foutu les pieds sur un green de ma vie — si elle pose une seule question, je suis cuit.

Antonia tira une deuxième et lente bouffée.

— Ma mère m'appelait Punchy, dit-elle.

Il perçut un étonnement dans les yeux de la Présidente : elle venait de retrouver quelque chose d'enfoui. Les pupilles étaient grises mais lumineuses. Avec une ombre légère de fard à paupières, elle aurait été carrément séduisante. En cet instant, ses yeux avaient la couleur des soleils d'hiver sur les toits d'ardoise des villes mouillées de givre...

— Je l'avais complètement oublié... je regardais votre émission et elle surgissait : « Punchy, prépare tes examens et arrête de regarder ces conneries ! »

Il eut une crispation du buste.

— Elle s'exprimait vraiment ainsi ?

Elle prit une bouffée énorme qui lui gonfla les

joues. Bon sang, ça doit faire dix mille ans que cette femme n'a pas fumé.

— Je n'ai jamais connu quelqu'un de plus grossier que ma mère, elle était spécialisée en mathématiques expérimentales et ne pouvait pas dire trois mots sans proférer une insanité, elle est morte il y a cinq ans... J'avais des problèmes à cette époque avec les membres du Pacte de Prague: Un soir, elle m'a fait un clin d'œil et m'a dit : « Mets-leur une branlée, Punchy, tu réfléchiras après », et elle est morte. Je leur ai mis une branlée et j'ai sauvé l'Europe. Momentanément.

Jeremy résista à la tentation de poser sa main sur la sienne. Attention, bonhomme, tu n'es pas au thé dansant du Pink Flamengo de Las Vegas. Il vérifia discrètement le cadran de sa Cartier, le poignet sous la table. Il était près de deux heures. Tout à l'heure, derrière les colonnes, les vieux serveurs s'écrouleront, saouls de fatigue.

— Commandons une choucroute, dit-il, une fille qui s'appelait Punchy doit aimer manger une choucroute en pleine nuit.

Elle secoua négativement la tête tandis qu'elle prenait simultanément conscience d'une envie... l'émotion, le grand air... un léger creux à l'estomac.

Elle écrasa le minuscule mégot dans le cendrier, étendit ses jambes, joignit les mains, tendit les bras, fit craquer ses phalanges, toussota, vola une autre cigarette et prit un air rêveur.

— Pas de choucroute, mais il y a un truc que j'aime bien, j'en ai mangé à Paris une fois, mes cuisiniers du palais de l'Europe sont incapables de le réussir, j'oublie le nom, il y a des saucisses, des haricots, des...

— Cassoulet ! dit Brookers.

Elle inclina la tête avec componction.

— Cassoulet, confirma-t-elle.

Jeremy claqua des doigts. Hans prit l'allée en dérapage contrôlé et freina au ras de la nappe. Il n'avait pas veillé aussi tard depuis la visite de Farouk en 63 : à cinq heures du matin, un des princes de la suite avait tenu à jouer au football avec l'ensemble du personnel. La partie s'était déroulée dans le grand hall et les princes avaient gagné quatre miroirs de Venise à zéro.

— Un cassoulet, commanda Jeremy.

Hans inclina sa tête chauve et nota à haute voix le mot pour le graver au plus profond de ses cellules grises.

— Un cassoulet...

Antonia souleva la bouteille hors du seau. Elle était vide.

— Je crains de devoir annoncer à madame la Présidente et à monsieur que nous n'avons pas de cassoulet actuellement sur notre carte.

Elle tourna son regard vers le vieillard. C'était l'œil de métal qui faisait frémir les grands de l'Europe et de la planète. La glace meurtrière des icebergs. Hans sentit ses tempes de neige se mouiller de sueur.

— Cependant..., chevrota-t-il.

— Cependant ?

— Si madame la Présidente et monsieur m'assurent de ne pas en tenir rigueur ni à notre humble établissement ni à moi-même, je peux décider le chef à en ouvrir une boîte à la cuisine.

Jeremy se pencha et chuchota :

— Conserve ?

Le vieux maître d'hôtel se refusa à prononcer le mot. Il opina avec désespoir.

— Ouvrez, dit Antonia, et apportez-nous de quoi boire.

Hans regarda la bouteille.

— Si j'osais..., commença-t-il.

— Osez, dit Jeremy.

— Je conseillerais à madame la Présidente et à monsieur d'accompagner leur plat d'un bourgogne rouge d'une bonne année, je crains que le champagne, si grand fût-il, ne trouve son bouquet détruit par la convaincante rusticité du plat, alors qu'un gevrey-chambertin, long en bouche et convenablement chambré, pourrait...

— Allez-y, dit Jeremy, on vous fait confiance... Au fait, nous n'avons pas vu votre sémillant orchestre...

— Les messieurs chargés de la sécurité ne l'ont pas autorisé à pénétrer dans l'hôtel.

Antonia eut un geste large comme si elle chassait un moustique géant.

— Je les autorise, dit-elle, envoyez-nous la musique.

Hans vieillit de dix ans. Le cassoulet l'avait déjà fait pénétrer plus avant sur le chemin de la décrépitude, ce deuxième coup risquait d'être fatal.

— Je crains que les musiciens ne dorment, dit-il, j'en demande pardon à madame la Présidente.

Antonia avait, deux mois auparavant, fait plier les quatorze ministres des Finances des pays riches au sujet de la dette du tiers-monde. De quoi en conclure que pas grand-chose ne pouvait lui résister.

— Réveillez-les, dit-elle.

Jeremy vit le vieux serviteur chanceler avec déférence et s'éloigner.

Une femme d'acier, pensa-t-il, mais quand elle regarde les étoiles, elle a une fossette sur la joue gauche.

Elle devait utiliser un shampooing à la pomme. Depuis qu'ils dansaient, la nuit avait ouvert ses vergers.

En haut des marches de marbre, dans l'ancien kiosque désaffecté, de toutes leurs cordes flasques, les quatre vieux messieurs reprenaient pour la cinquième fois la *Valse triste* de Sibelius. Le violoncelliste avait gardé son pyjama sous l'habit de soirée et le contrebassiste arborait des pieds nus dans des pantoufles à carreaux. Jeremy et Antonia valsaient depuis trois quarts d'heure, lent tournoiement solitaire dans les flammes pâlissantes.

Bientôt le jour se lèverait. Cela se sentait à un effacement imperceptible des étoiles. Le lac sortait de l'ombre insensiblement, plaque ferreuse cernée des premières brumes de l'aube.

Bedwards sentit la crampe venir à son mollet droit, il secoua l'ankylose qui le gagnait et ramena sa jambe vers lui. Une nuit entière sur le toit.

Fichu métier.

Il espéra qu'aucun de ses hommes disséminés dans les arbres ne tomberait des branches comme une prune trop mûre. Cette heure était la plus dure pour un guetteur, c'était juste avant l'aurore que les paupières se plombaient.

Il tourna la molette de ses jumelles et le couple jaillit, tout proche. Manifestement, aucun des deux n'avait sommeil. Il voyait leurs lèvres s'agiter sans qu'aucun son lui parvienne, seule la musique en contrebas montait jusqu'à lui. Ils jouaient un truc qui lui avait collé le cafard. Dès les premiers crissements des archets sur les cordes, il avait pensé à sa chienne Underground lorsqu'elle avait fourré son nez dans un panier d'oursins — c'était à Atlantic City durant les vacances 72... Cela lui avait démoli le moral.

— Il fera beau demain, dit Jeremy, on peut louer des barques pour aller sur l'autre rive. Nous déjeunerions là-bas.

Elle s'arrêta net ; le lent tournoiement des notes continuait, mourantes, effilochées. Elles racontaient une fin de vie ou un amour manqué, peut-être un redressement fiscal, quelque chose d'infiniment pénible, avec au cœur des croches et des bémols une pointe de désuète ironie.

— Non, dit Antonia, demain je suis à Bruxelles. Je pars à sept heures.

Pour la première fois depuis qu'elle avait

rencontré le Baroudeur de l'Amérique, elle regarda sa montre et aspira une large bouffée d'aube fraîche.

— Je sais ce que ma mère aurait dit, murmura-t-elle, ça aurait commencé par « nom de Dieu », ça aurait duré un quart d'heure et Dieu sait où elle se serait arrêtée. Il est presque six heures.

Jeremy la regarda. Elle ne me plaît pas. Pas du tout. J'ai eu cinquante fois mieux, des longilignes, des pulpeuses, une Lapone superbe. J'ai donné dans la Walkyrie, l'Andalouse, l'érotomane, l'incendiaire, l'effarouchée avec œil de biche, lèvres tremblantes, palpitation de narines et émoi ininterrompu, j'ai eu... Et puis, j'ai eu Carla. Je ne risque pas de l'oublier, un amnésique total n'y arriverait pas, même en faisant des efforts. Pourquoi alors est-ce que ça me désespère tant de ne pas traverser le lac avec elle ? Reprends-toi, les politiques sont ennuyeux, et ces quatre vieux crétins ne s'arrêteront jamais de moudre de la nostalgie en musique.

— Il faut que je rentre, dit la Présidente, vous m'avez fait boire, fumer et danser, avouez que vous cherchez à déstabiliser l'Europe et que Washington vous paie.

Il hocha la tête. Dans la clarté naissante, le réseau des rides autour des yeux de Brookers s'accentuait, un léger fléchissement de la silhouette aussi... le Baroudeur ne sauverait plus si facilement l'Amérique qu'autrefois...

— Nous nous sommes bien amusés cette nuit, dit-il, vous m'admiriez quand vous aviez seize ans et vous avez, avec moi, retrouvé un peu de votre passé, cela nous a plu à l'un et à l'autre, il y a eu ce lac, des étoiles, du champagne et de vieux musiciens... le destin nous a réservé un décor exceptionnel, nous avons su en profiter. Puis-je vous dire que je garderai toujours le souvenir de cette nuit ?

Elle ferma les yeux... Dans deux heures, Présidente, dans deux heures tu devras être à ton poste, tous t'attendent.

41

Elle ne me plaît pas et je me demande pourquoi j'ai cette folle envie de la faire rire. Ne la revois surtout jamais, il y a là une source d'emmerdements absolument incommensurable.

— Je ne vous demande pas votre téléphone, dit-il, je me contenterai de le prendre si vous me le donnez.

La fossette revint, disparut... Une fois de plus, la valse recommençait, le contrebassiste piquait du nez dans ses pantoufles mais son archet pleurait toujours.

— Raccompagnez-moi, Baroudeur, dit-elle, il doit rester un peu de sommeil dans le fond de mon lit, je ne veux pas le perdre.

Ils remontèrent les marches qui menaient au hall désert. Les colonnes de marbre s'enfonçaient dans les plafonds chantournés, surchargés d'angelots bouffis. Comme ils franchissaient la porte, il y eut un bruit sourd juste au-dessus d'eux et, à moins d'un mètre, ils virent, stupéfaits, une forme lourde surgie des hauteurs s'abattre sur le perron. La silhouette bougea et émit un jappement.

Rencontre du troisième type, pensa Brookers.

— Ecoutez, Bedwards, dit Antonia, la dernière fois que je vous ai vu, vous aviez bu la moitié du lac, pourriez-vous m'expliquer comment il se fait qu'à présent vous tombez du ciel ?

— Pas du ciel, corrigea Bedwards, du toit.

— Et comment se fait-il que vous tombez du toit ?

— J'ai glissé, dit Bedwards, c'est, je le reconnais, une faute lourde.

— Vous devriez vous relever, dit Jeremy, la rosée ne va pas tarder.

— J'en ai peu la possibilité, dit Bedwards, je crains l'entorse.

Jeremy et Antonia l'encadrèrent et le soulevèrent, le tenant chacun sous une aisselle.

— Heureusement que madame vous surveille, dit

Jeremy, elle doit avoir du mal, j'ai l'impression que vous lui donnez bien du souci. Appuyez-vous davantage sur moi.

Ils l'installèrent dans un fauteuil du hall et prévinrent le portier qui téléphona à un médecin.

Arrivée à la grille de l'ascenseur, la Présidente tendit la main à son compagnon.

— A seize ans, dit-elle, je vous aurais dérobé un morceau de chemise, votre ceinture ou un bout de chaussette, m'en voudriez-vous beaucoup si, ce matin, je vous fauchais simplement une cigarette ?

Brookers pêcha le paquet fripé dans sa poche.

— C'est vraiment la dernière, dit-il.

Antonia regarda pensivement le petit cylindre blanc.

— La dernière, en effet. Et vous ne pouvez pas savoir à quel point.

Jamais une femme ne lui avait adressé un tel sourire. Jamais également aucune n'avait disparu aussi vite... L'ascenseur l'avait escamotée à la manière de ces sarcophages de cirque où de faux fakirs enfoncent des poignards...

Il se secoua. Carla dans trois jours. Cela voulait dire un hiver au soleil, des engueulades à foison... tiens, il faudra racheter des boutons de manchette, des cravates en tricot, tout ce qu'elle exige de...

Il tourna brusquement les talons et, au pas de charge, fonça sur le portier.

— Comment s'appelle Mme Gorbachian ? demanda-t-il.

L'autre se concentra longuement, Jeremy eut l'impression que sa casquette le serrait trop pour qu'il réussît à réfléchir.

— Gorbachian, dit-il.

Jeremy eut un sifflement admiratif.

— Vous venez de m'être d'un immense secours, dit-il, mais je me suis mal fait comprendre. Je désirerais savoir quel est son prénom.

Le portier ferma les yeux et gonfla sous l'effort de

réflexion. Les veines à ses tempes battaient comme des cordes.

Il va peut-être se mettre à léviter, songea Jeremy.

La bouche s'ouvrit comme une valve laissant échapper un trop-plein d'air.

— Antonia, triompha-t-il. C'est Antonia. J'en suis sûr : Antonia.

Brookers acquiesça et refila cinq dollars à son informateur.

Antonia.

De tous les prénoms qui existaient au monde, c'était bien celui qu'il détestait le plus.

III

— Rangez vos cassettes, dit la Présidente, je ne tiens pas à voir leurs têtes. S'ils s'aperçoivent que vous les connaissez, cela les flatte, ils commencent alors à chercher leur meilleur profil et deviennent prétentieux et agressifs. On dirait que vous ne connaissez pas les journalistes...

Jossip eut l'évidente impression d'avoir l'air idiot, avec sa pile de documents inutiles sur les bras. D'ordinaire, les chefs d'Etat étudiaient la façon de travailler des journalistes afin d'en connaître les points forts et les points faibles lors des interviews à venir. Trois mois de recherches dans toutes les vidéothèques européennes, des droits de reproduction payés, des pots-de-vin à verser, quatre éminentes collaboratrices spécialisées dans le marketing, choisies pour leur pouvoir de séduction et payées au prix de l'uranium enrichi... tout cela pour en arriver là. Sans compter les notes de frais : l'une d'elles s'était fait offrir le Trans-Europ-Express avec son filleul de vingt-six ans, sous prétexte qu'elle ne supportait pas l'avion et que le rédacteur en chef du service politique de DGGI, la chaîne italienne, habitait Venise. Jossip lui avait fait remarquer qu'on pouvait ne pas supporter les voyages aériens sans que cela entraîne obligatoirement une dépense énorme en caviar de la Caspienne. Surtout qu'il ne s'agissait après tout que d'obtenir la copie de deux émissions où Giovanni Scaramelli interviewait le chef d'Etat italien sur les résultats des mesures anti-inflationnistes. Ce n'était quand même pas les plans d'attaque de la troisième guerre mondiale.

— Scaramelli est un roublard, protesta Jossip, il a l'art du contre-pied, on prétend que c'est lui qui a coulé en quatre minutes le chef d'Etat italien en l'interrogeant sur ses goûts musicaux. Au lieu de répondre Verdi ou Puccini, l'autre imbécile avait parlé de Haydn et de Mozart ; Scaramelli en avait conclu qu'un rapprochement avec l'Allemagne était amorcé. Résultat : 14 % des voix aux élections au lieu des 38 % au scrutin précédent.

Jossip posa les cassettes et joignit les mains.

— Regardez au moins Scaramelli, implora-t-il, c'est le pire de tous, il faut toujours connaître l'adversaire, il opère en deux temps et sa tactique est à l'inverse de sa stratégie, il commence par...

— Jossip, vous m'ennuyez, sachez d'abord que je n'ai pas d'adversaires, j'ai des questionneurs.

— C'est la même chose, gémit Jossip, et vous le savez bien.

L'atmosphère était tendue et les autres membres du cabinet n'avaient pas pipé mot. Deux éléments les forçaient à une prudence inhabituelle : la Présidente était ce matin d'une humeur de chien et la présence de Ron Vandan les reléguait à un rôle subalterne, ce qu'ils trouvaient fort déplaisant.

L'enjeu était d'importance : l'Europe était en crise. Cela n'avait rien de bien nouveau, elle l'avait toujours été et ne cesserait jamais de l'être, mais avec les déclarations fracassantes, l'avant-veille, des chefs d'Etat hollandais, grec et allemand dont on savait qu'ils ne cherchaient qu'un prétexte pour se retirer, le point de rupture était sur le point d'être atteint. Et le sort voulait que ce fût exactement en plein ouragan que tombât la date du rendez-vous annuel que la Présidente du gouvernement européen avait fixé à l'ensemble de la presse, dans une émission relayée en Mondovision et qui serait suivie par un peu moins de ce que, dans ses heures humoristiques, Jossip appelait huit millions de téléspectateurs lourds, soit huit cents millions de personnes.

Dans quatre jours, Antonia serait dans un fauteuil de marque Heppelwhite, l'un des trois cent vingt-cinq sponsors de l'émission, elle aurait devant elle deux cent cinquante-quatre micros et cent soixante-dix caméras, dont trente-cinq grues et vingt-quatre lumas travaillant pour l'ensemble des networks, y compris NHK, tous ayant lâché deux cent cinquante mille dollars pour deux heures de retransmission. En arc de cercle devant elle et bénéficiant chacun d'un quart d'heure pour la cuisiner, se tiendraient huit journalistes, les meilleurs spécialistes des affaires de politique étrangère et européenne, le contraire de rigolos ; elle savait, de source sûre, que six au moins essaieraient d'avoir sa peau en direct, les autres ayant résolu de ne pas lui être agréables. Cette femme et ces sept hommes seraient les porte-parole des sept mille huit cents journalistes représentant soixante-dix-sept pays invités à la prestation dans le mégastudio du palais de la présidence.

— La presse, dit Antonia.

Le secrétaire allemand tendit les articles déjà sélectionnés. Sa main ressemblait à une épaule de mouton mais si la Présidente lui avait soufflé dessus, l'homme serait tombé par terre.

Antonia feuilleta.

L'*European Diary* avait encadré sa une de noir en style faire-part. Titre : « La fin ».

— Charmant, dit-elle.

Elle parcourut : « Du traité de Rome à l'ultime chute, ou l'histoire d'un échec » (*le Times*) ; « Les monstres meurent jeunes, l'Europe était un monstre, l'Europe meurt » (*Le Figaro*) ; « Les râles ultimes d'une idée impossible » (*Berliner Zeitung*) ; « Le dernier combat de la dernière Utopie » (*Mañana*) ; « Adieu l'Europe » (*Le Soir*) ; « Une femme pour réunir les morceaux » (*New Yorker*, deuxième page) ; « L'alliance contre nature des grands régimes capitalistes félons, hostiles au pouvoir des travailleurs, s'effondre enfin, entraînant dans sa chute prochaine le système libéral aliénant et corrupteur » *(Lutte prolétarienne)*.

— J'attends vos rapports, dit Antonia. A dix heures exactement. Monsieur Vandan, nous passons dans mon bureau, je ne peux pas vous consacrer plus de vingt minutes. Dix-neuf exactement.

Ron Vandan se leva. Une particularité physique que personne n'avait jamais été capable d'expliquer faisait qu'il était plus petit debout qu'assis. Helmut Kohl, qui avait utilisé ses services au cours de son mandat, optait pour une épaisseur exceptionnelle du tissu graisseux à l'endroit des fesses, une sorte de coussin incorporé. Le général Mandoguen Issidre, président à vie du Liberia qui, après avoir fait exécuter trois cent quarante-cinq opposants, institué le couvre-feu permanent et quadruplé les impôts, cherchait à améliorer son image de marque, l'avait fait venir, et ayant constaté le phénomène, conclut à la présence chez le rondouillard personnage d'esprits malins. Il décida donc de le faire bastonner jusqu'au retour à la normale. Ron Vandan eut juste le temps de reprendre l'avion en sens inverse.

Vandan se leva et, comme d'habitude, rapetissa. Agitant ses jambes courtes, il parvint à pénétrer dans le bureau présidentiel sur les talons de la Présidente.

La porte se referma automatiquement.

Elle lui désigna un fauteuil et s'effondra dans un canapé bancal à l'étoffe défraîchie qui avait subi les soleils d'un siècle d'étés successifs. C'était sur ce siège que Victoria Zaraford l'avait prise dans ses bras un beau soir de juin alors qu'elle avait quatre ans et lui avait flanqué une fessée royale pour avoir dérobé et mangé deux bocaux de cornichons sauce piquante.

— Le fait qu'il soit statistiquement rare que les enfants se goinfrent de cornichons ne doit pas être considéré comme une circonstance atténuante, expliqua Mme Zaraford tout en frappant avec régularité et vigueur les fesses d'Antonia, cette note d'originalité te vaudra cependant cinq tapes de moins que si tu t'étais attaquée au sempiternel pot de confiture.

— J'ai également mangé les confitures, hurla la future présidente de l'Europe, pensant qu'il valait mieux tout prendre en une seule fois.

— Ha ! ha ! s'exclama Mme Zaraford, tu n'as donc pas oublié le dessert, nom de Dieu de goinfreuse de môme ! Quand j'en aurai fini avec toi, tu pourras faire frire le bacon sur ton derrière...

C'était également sur ce siège que sa mère avait tricoté, les dernières années de sa vie, ces choses molles, longues et laides qu'elle appelait cachecols, pull-overs ou chaussettes selon leurs formes imprécises et qu'Antonia avait portées durant des hivers dans une demi-douzaine d'universités. Elle caressa de la paume le tissu râpé.

« Mets-leur une branlée, Punchy, et réfléchis après... » Ce n'est pas si facile, maman, tu sais. Ils sont si durs parfois, si âpres, sans pitié, mais je me battrai, comme toujours, tu le sais bien... Le problème, c'est mon manque de concentration... Ce type que tu ne supportais pas... Il est vieux aujourd'hui... pas complètement décrépit, mais quand même, je pense que tu le préférerais ainsi, il est moins faraud, plus... enfin je ne sais pas, plus quelque chose... Je n'ai pas eu le temps de te raconter mais nous avons dansé très tard, j'étais pleine de champagne et je l'ai trouvé si vaincu, l'ancien vainqueur...

Vandan toussota.

Antonia opéra un rétablissement.

— Excusez-moi, dit-elle, je réfléchissais... Allez-y, je vous écoute.

Vandan croisa les doigts sur son ventre, le signe ne trompait pas, ce qui allait suivre avoisinerait le génie.

— La robe, dit-il, commençons par la robe. Quelles sont vos intentions ?

— Grise, gris clair pour ne pas faire deuil dès le départ.

Vandan prit l'air malade. La première fois qu'elle l'avait vu ainsi, elle l'avait cru atteint d'une crise d'appendicite aiguë. En fait, Ron Vandan exprimait son désaccord par une grimace d'intolérable souffrance.

— Qu'est-ce qui ne va pas ? Vous n'aimez plus le gris ?

Il leva un index pontifiant.

— A circonstance exceptionnelle, tenue exceptionnelle. Tout va mal, on vous attend donc vêtue de tristesse et de désespoir. Erreur : je vous vois en fleurs.

— En quoi ?

Vandan s'anima, ses pieds battirent le vide et tambourinèrent sur les barreaux de sa chaise.

— On attend la tragédie, le monde chancelle, on se presse pour voir la moribonde et elle apparaît, pimpante et bariolée. On en conclut que c'était une erreur, que la moribonde ne mourra pas.

Antonia respira profondément.

— Ecoutez, Ron, cela fait deux ans que vous faites de moi un bonnet de nuit, on m'appelle Archangelsk ou le Glaçon, vous avez façonné mon image en jouant sur la sobriété glacée et, tout d'un coup, on tire l'échelle, et hop, c'est le carnaval de Rio, papillon, perroquet et régime de bananes...

— Vous êtes l'Europe, coupa Vandan, montrez-le. L'Europe n'est pas noire, elle n'est pas grise, elle n'est pas blanche, elle a la couleur de tous ses drapeaux, c'est-à-dire toutes les couleurs. Vous apparaî-

50

trez dans trois jours devant les yeux stupéfaits et émerveillés de vos enfants comme l'incarnation de ce que vous représentez, ce soir-là vous ne serez plus la Présidente de l'Europe, vous serez l'Europe elle-même.

Elle se massa la racine du nez entre le pouce et l'index.

— Je vous aime bien, dit-elle, je suis donc prête à vous pardonner beaucoup, mais je vous serais reconnaissante de tenir compte du fait que mes journées sont fatigantes et que j'ai pas mal de soucis, donc je vous en prie, épargnez-moi vos habituels coups de génie... Souvenez-vous de Vladivostok.

Ron marqua le coup. L'histoire de Vladivostok était restée célèbre dans les annales du marketing politique. Ron était à cette époque le conseiller personnel du Premier ministre de la République centrafricaine, Sénélé Boko qui, dans le cadre des rencontres Est-Sud, s'était rendu en voyage officiel en Russie. Ron suivait le ministre partout, lui prodiguant ses conseils. A Vladivostok, au milieu d'un bain de foule extrêmement fluide, il repéra une pauvresse dans l'encoignure d'un mur. Il vérifia si les caméras et la tribu habituelle des journalistes suivaient, et chuchota à l'oreille de Sénélé :

— Votre manteau. Donnez-lui votre manteau, vite.

— A qui ? demanda Sénélé qui ne possédait pas l'esprit médiatique.

— La clocharde, là, dépêchez-vous, ils vont filmer.

Sénélé Boko comprit enfin et, d'un geste viril et tendre à la fois, il enveloppa la mendiante de sa pelisse.

Ce fut un triomphe. L'incident filmé fut diffusé par la plupart des chaînes russes et africaines, il y eut de nombreux articles dans les journaux, et Vandan se dit que, désormais, il pouvait réviser ses tarifs à la hausse. Cela dura une petite semaine. Ce laps de temps passé, Sénélé Boko mourut.

Il ne devait jamais se remettre de la double pneumonie contractée lors du discours prononcé en plein air, en complet veston, par moins douze degrés Fahrenheit, dans cette même cité de Vladivostok qui avait vu son geste inoubliable : Ron revit une deuxième fois ses tarifs.

Antonia l'avait engagé pour une raison simple : elle l'écoutait pérorer, suivait attentivement ses explications concernant look, attitudes, techniques de prises de parole, et faisait l'inverse. Il ne se vexait pas et était un remarquable souffre-douleur, lorsqu'elle devait passer ses nerfs sur quelqu'un.

Sur le tableau électronique incrusté dans la console du bureau, le voyant 7 s'éclaira. C'était le code réservé aux urgences.

— Je vous écoute, Indira.

La voix de mezzo-soprano de la secrétaire retentit.

— M. Hagard est là. Il prétend que vous lui avez donné rendez-vous à dix heures quinze, mais je n'en ai nulle trace sur l'agenda, voyez-vous.

— Faites-le entrer.

— Pour la robe, dit Ron Vandan, je suggère donc que...

Antonia se leva.

— On en reparlera, Ron. Pour l'instant je vous chasse. Visionnez les cassettes que Jossip a apportées et faites-moi une fiche sur tous ces personnages, ne leur cherchez ni des poux dans la tête ni des cadavres dans le placard. Il est plus intéressant de savoir que la petite dernière de votre interlocuteur s'appelle Etiennette et sort d'une varicelle que d'apprendre qu'il a payé trois tueurs à gages pour se débarrasser de quatre maîtresses.

Vandan tourna vers elle un visage empreint d'une douleur insondable et sortit. Sur le seuil du bureau, il croisa Pat Hagard.

L'ancien flic n'avait rien d'un ancien flic. Il se rasait de façon hasardeuse, la coupe de cheveux était approximative, le pantalon pochait et la veste avachie était en opposition de ton avec la cravate filandreuse. Antonia s'aperçut avec une stupéfaction relative que, depuis qu'il était dans la pièce, son cœur tambourinait et elle eut l'envie soudaine d'un grand coup de champagne glacé pour noyer sa tachycardie.

— Merci d'avoir été si rapide, dit-elle, je ne pensais pas qu'en si peu de temps vous pourriez avoir les renseignements demandés.

— L'informatique, dit Hagard. On tapote et ça sort. Rien de sorcier. Un vrai billard.

Le cœur toujours, comme un gong. C'était ridicule cette musique, c'était intempestif et indécent.

— Une question d'abord, dit Hagard. Ce monsieur est-il de vos amis ?

— Non.

Je mens, tant pis. Mais ça commence mal, il ne s'y prendrait pas autrement s'il avait à m'apprendre que Jeremy est un terroriste ou un espion de haut vol.

Hagard sortit de sa poche trois feuilles de calepin griffonnées.

— OK, dit-il, allons-y. Si l'on excepte Andrew Biggs, son pseudo d'acteur sous lequel il interpréta son rôle le plus fameux, celui de Robert Strampton, Jeremy Brookers, alias Tonino Garisson, alias Andrew Dewite, s'appelle en réalité Stephen Laplanch.

Antonia eut l'impression que les murs de son bureau se resserraient autour d'elle. De plus, Stephen était le prénom le plus ridicule dont on puisse affubler un être humain.

— Et pourquoi tous ces noms ?

Hagard croisa les jambes, révélant des chaussettes tirebouchonnées et sans doute dépareillées, à moins que, s'agissant de la même paire, la gauche ne fût enfilée à l'envers.

— Pour une raison simple : Laplanch a abandonné l'écran après quelques vaines tentatives pour retrouver le succès, et écume depuis les palaces spécialisés dans la femme seule, mûre et riche. Bref, il est fiché comme gigolo par la plupart des polices internationales.

Eh bien, voilà, pensa Antonia, maintenant on sait au moins où on va.

— Il a quelque chose à voir avec le golf ?

— Pas que je sache. En revanche, nous connaissons parfaitement la personne qui l'entretient depuis quelques années, et qui est sa source de revenus la plus officielle. Désirez-vous savoir son nom ?

Antonia Gorbachian eut un geste négatif.

Salaud.

Un gigolo.

A moi. Me faire ça. Victoria lui aurait cassé la gueule. Je vais d'ailleurs lui casser la gueule.

— Vous voulez savoir autre chose ?

— Ça suffira comme ça, dit Antonia, on ne se lasserait pas de vous écouter, mais ça suffit comme ça.

— Parfait, dit Hagard.

Avec la placidité que confère l'habitude, il froissa les feuillets, les roula en boule et les avala. Antonia, toujours sonnée, le regarda faire.

— Un peu de café pour faire passer ?

Hagard leva sa paume en un geste de refus.

— Inutile, dit-il. Savez-vous que, malgré tous les progrès de la technique moderne, le seul moyen efficace de destruction absolue d'un document est son absorption par l'être humain ?

— Ravie de l'apprendre, dit Antonia, l'œil vague.

— Lorsque je travaillais pour la CIA, dit Hagard, j'ai dû ingurgiter un jour jusqu'à quinze pages 21 x 27. Un de mes collègues du KGB prétend, lui, qu'il a atteint le chiffre de trente-deux feuillets, écrits recto verso évidemment.

— Excusez-moi, dit Antonia. J'ai énormément de

54

travail et je dois reporter cette discussion. Mes félicitations pour la précision de votre rapport.

Elle remarqua, lorsqu'il se leva, qu'il manquait un bouton à sa manche de veste et que l'un de ses lacets de chaussures était dénoué.

La porte se referma.

Je vais finir par croire que je suis une spécialiste en matière de vie affective. A seize ans, je suis amoureuse d'un acteur de série TV. A quarante-trois, je tombe sur le même, recyclé dans les vieilles peaux. Entre-temps, il y aura eu Gorbachian et ses infarctus en rafales. Une réussite.

Elle ferma les yeux et respira à fond. Elle avait fait trois heures de yoga dans sa vie et avait trouvé ça exaspérant. Pour la première fois, elle regrettait de ne pas avoir une technique de relaxation efficace. Peut-être un grand coup de gin sans soda...

Faisons le point. Trois pays veulent se carapater de l'Europe, ce qui signifie qu'il y aura deux Europpes, donc plus d'Europe. Pour couronner le tout, Jeremy s'appelle Stephen et est un vieux play-boy véreux. Tout est parfait. La consolation dans tout ça, c'est qu'il est à peine onze heures du matin et que la journée peut encore me réserver d'autres excellentes surprises. Allez, Antonia, regarde-toi dans un miroir, dis-toi que tout ceci n'est que broutilles et que ce n'est pas une légère contrariété qui va...

C'est à cet instant que le téléphone sonna. C'était le numéro secret, celui que possédaient trente personnes dans le monde. Cramponne-toi, Antonia, cette fois tu vas apprendre que le commandant en chef des forces interarmes a lâché les missiles sol-sol, sol-air, air-sol, air-air, mer-sol, sol-mer, mer-mer, et j'ai dû en oublier, en appuyant par erreur sur le mauvais bouton.

Elle décrocha.

Stephen Laplanch alias Jeremy Brookers lorgna avec appréhension sur la longue boîte argentée, agrémentée d'un volant parme souligné de jaune placée sur le lit, au milieu des draps de satin noir.

— Eh bien, ouvrez, dit Carla, qu'attendez-vous ?

Stephen soupira. Les cadeaux de Carla Nelgarondo étaient non seulement imprévisibles mais situés parfois au-delà des frontières de la provocation. L'année précédente, il avait eu droit à une planche à voile Walt Disney de couleur saumon avec un Mickey transparent, ce qui l'avait rendu célèbre durant tout le mois de septembre sur les plages de Biarritz. Elle lui avait également offert — souvenir d'une escale à Rio — une robe de chambre représentant le stade de Maracana le jour d'une rencontre entre Flamingo et Flumineuse. Même les boutons avaient la forme d'un ballon de football.

Aussi n'était-ce pas sans une réelle inquiétude qu'il défit le ruban de la boîte.

Le costume apparut.

Il était divisé verticalement en deux parties : une jambe rouge, l'autre jaune, une manche jaune, une autre rouge. Ce qui frappa particulièrement Stephen fut le bonnet et les chaussons également rouges et jaunes mais munis chacun de clochettes qui tintèrent gaiement lorsqu'il les effleura. La boîte comportait également un bâton semblable à un sceptre mais surmonté d'un petit pantin également à clochettes.

Stephen eut du mal à montrer de l'intérêt, il venait d'être saisi d'une légère nausée devant le spectacle. Il adopta cependant un ton anglais.

— Peut-être, Carla chérie, proféra-t-il, pourriez-vous me fournir quelques explications concernant ce superbe présent ?

Carla sortit de la salle de bains. Elle avait étalé sur son visage tellement de strates successives de crèmes nourrissantes, protectrices et régénératrices qu'il eut du mal à la reconnaître. Elle se drapa dans son peignoir et éclusa d'un coup de coude un demi-verre à bière de vodka à l'herbe de bison. Une sévérité aigrelette pointa sous le sucre de la voix.

— Ne faites pas l'enfant, Jeremy, il s'agit d'un costume de fou.

— J'entends bien, rétorqua-t-il, mais pourriez-vous me dire ce que vous envisagez de me voir faire avec ?

Elle se baissa et prit sur la table de nuit deux haltères de trois cent cinquante grammes marqués à son chiffre et dont les manches en bois des îles avaient été, à l'instar des parties métalliques, recouverts d'une dorure à l'or fin.

— Eh bien, mais c'est pour le bal costumé que nous donnerons comme chaque année en septembre à la villa, annonça-t-elle en commençant à faire tourner ses bras tendus d'un mouvement uniformément accéléré.

Stephen laissa échapper un hoquet de surprise.

— Mais, pour votre bal, dit-il, j'ai mon Robin des Bois !

La rotation des haltères s'accrut.

— Cela fait trois fois que vous apparaissez à ce bal en Robin des Bois, dit-elle, il faut savoir se renouveler.

Son accent de maîtresse d'école avait parfois quelque chose d'horripilant. D'ordinaire, il résistait mais il se sentait ce matin particulièrement nerveux.

— J'aime bien mon costume de Robin des Bois, dit-il, j'aime bien le vert et l'arc.

Les haltères moulinaient à présent l'air à grande vitesse, produisant un léger sifflement.

— Ne soyez pas ridicule, Jeremy, vous serez également très bien en Fou du roi.

Stephen la regarda : un moulin vivant huilé comme une vieille sardine sortant de sa boîte. Il s'efforça au calme.

— J'irai au bal avec mon Robin des Bois, annonça-t-il avec une douceur péremptoire.

Les haltères vrombissaient à présent. Si elle en lâchait un, il passerait à travers la cloison.

— Non, dit-elle, vous irez en Fou ou vous n'irez pas.

Stephen contempla le panorama par la baie. La Riviera italienne coulait de toutes ses glycines et ses marbres dans les saphirs matinaux de la Méditerranée. Dans quelques secondes, il allait peut-être falloir quitter tout cela.

Derrière lui, le vrombissement emplit l'air, encore un petit effort et elle allait pouvoir décoller au-dessus des toits de Bordighera.

— Je vois que l'on a réfléchi, grinça-t-elle, l'idéal serait que vous arriviez à la party en marchant sur les mains.

Stephen Laplanch savait pertinemment qu'il possédait peu de qualités, donc bien des défauts, mais il ne se montrait jamais grossier avec les femmes. Dans les secondes qui suivirent, il dérogea gravement à cette excellente habitude.

— Allez vous faire foutre, Carla chérie, dit-il.

Dix minutes plus tard, il se retrouvait chez Petronio sur le port, le bar-pizzeria-café-ferblanterie-poste à essence du village. Il portait un costume d'été, des espadrilles, un sac de marin car il s'était vu interdire l'accès aux valises. Ledit sac contenait un pull-over, six rasoirs jetables, un caleçon d'hiver et un smoking froissé. Il en avait un peu perdu l'habitude mais il s'était parfois trouvé dans des situations bien plus désespérées. Il s'estima même chanceux, l'une des haltères ne l'avait manqué que de quelques millimètres.

Il vérifia qu'il avait bien ses cartes de crédit, ses traveller's, et trouva même dans le fond d'une poche quelques billets italiens. Du coup, le moral remonta et il se commanda des rigatone et une portion d'osso buco, bien qu'il ne fût que onze heures du matin.

Il s'installa à l'ombre de la treille, se versa un verre

de blanc sec comme un coup de trique et réfléchit en fixant l'azur sans nuages.

Il avait trois solutions.

Revenir à l'hôtel, se jeter sur Carla comme un fauve sexuel, et malgré ses huiles glissantes, tenter de l'étreindre en évitant qu'elle ne lui fuse entre les doigts comme une savonnette sur le carrelage, et la vie reprendrait. Hors de question. Surtout qu'elle avait dû finir la bouteille de gin. Cela lui était habituel après la gymnastique.

S'installer dans une ville de casino et repartir à la chasse à la mémère. Il pouvait encore obtenir dans ce domaine d'excellents résultats. Hors de question également.

Tenter de retrouver cette créature sans attrait et à fossette qui, disait-on, dirigeait un continent... Incroyable quand même qu'il ait encore dans les narines le parfum de pomme de son shampooing et celui des forêts de sapins qui les avaient entourés.

Je suis en train de me faire avoir par un souvenir. En plus il ne s'est rien passé, je ne l'ai ni embrassée ni même draguée... Il faut dire qu'avec ses fringues grand deuil et son allure de déesse offensée... enfin, elle a picolé pas mal la déesse offensée. Et fumé comme une caserne. Tout ça dans la nuit et les flambeaux...

Injoignable évidemment. Et protégée comme un chef-d'œuvre dans un musée...

Je n'aime pas ne pas arriver à oublier les gens. C'est ridicule.

Et puis, elle est trop jeune pour moi. Je veux dire, pas assez vieille.

Oh, et puis zut. De toute façon, elle n'a pas le genre à bracelets cliquetants, liftings en série et permanente colorante que je me trimbale depuis des siècles.

Le cycliste venait des collines.

Stephen le vit longer les cyprès qui isolaient les villas de la route. Devant, sur le porte-bagages, le tas de journaux tanguait. Il lui était arrivé d'en acheter un pour les mots croisés ou les résultats sportifs. Il n'avait jamais lu un seul article politique de sa vie et il fallait s'y mettre un peu s'il voulait savoir ce que représentait exactement cette Gorbachian.

La bicyclette freina avec un bruit déchirant et le vendeur retomba avec grâce sur la corde de ses espadrilles. Il ceignit la musette et partit à l'assaut du café en sonnant la charge.

— *L'Unità, La Voce del Popolo, Il Tempo !*

Laplanch acheta les trois et avala d'un trait le verre qui était devant lui.

A la une de chacun des quotidiens, le visage d'Antonia Gorbachian éclatait.

Stephen savait suffisamment d'italien pour comprendre que des voyous allaient tenter de déboulonner celle qu'ils appelaient l'Epouse de l'Europe. Le texte de *La Voce del Popolo* était particulièrement net à ce sujet : « Seule contre tous. Qui viendra au secours d'Antonia Gorbachian ? »

Stephen ébranla la table d'un uppercut violent. La douleur irradia jusqu'à l'épaule.

— Moi, hurla-t-il, le Baroudeur est de retour !

La tête inquiète de Petronio écarta le rideau de perles qui occultait l'entrée de la cuisine.

— Quelque chose ne va pas, signor Brookers ?

— Tout est parfait, le rassura Stephen en songeant qu'il ne devrait pas boire du blanc sec dès onze heures du matin. Mais ce jour n'était pas un jour comme les autres.

La contacter n'était pas possible, mais il devait quand même exister un moyen. Il existe toujours un moyen, le tout étant de trouver lequel.

Stephen expédia un second uppercut sur la table et les rigatone sautèrent dans l'assiette. Il massa son épaule douloureuse et jaillit dans la cuisine, faisant valser la chaise derrière lui.

— Téléphone, dit-il.

— Si, dit Petronio, derrière les lavatori.

Stephen demanda les renseignements internatio-
naux et obtint le numéro. Trois minutes plus tard, une
sonnerie retentissait dans le bureau d'Al Bedwards.

— Votre frère Stephen appelle d'Italie, dit la stan-
dardiste.

Al appartenait à une famille de quatorze enfants
dont neuf garçons. Le fait qu'aucun ne s'appelait
Stephen n'effleura pas la pensée du chef de la sécurité.

— Passez-le-moi.

Une voix lointaine retentit et Bedwards écarquilla
les yeux.

— ...

— Comment ça, si j'ai fait des progrès en plongée
sous-marine ?

— ...

— Comment ça, si je tombe toujours des toits ?

— ...

— Comment ça, vous allez tout raconter à des
journaux spécialisés dans les scandales ?

Al chercha désespérément sa salive et ne la trouva
pas. Il avait accumulé suffisamment de bévues
durant sa carrière pour savoir que si la toute dernière était révélée, Antonia Gorbachian serait sans
pitié. Soudain, son regard s'éclaira.

— Comment ça, on peut peut-être s'arranger ?

— ...

— Quel numéro de téléphone ?

— ...

— Jamais.

— ...

— Je vous l'ai dit et vous le redis : jamais !

— ...

— Avec la plus grande fermeté : jamais !

— ...

— Silence.

— ... ?

— 42 57 11 28, vous faites trois fois le 0 avant et
vous attendez la tonalité.

— ...

— Comment ça, vous n'êtes pas mon frère ?

Bedwards reposa le téléphone. Cet être était soit un démon, soit ce type qui avait dansé toute la nuit avec la Présidente. La seconde solution était plus probable. Il y avait quelque chose de pas net là-dessous. Peut-être faudrait-il jouer serré, et là, il était bien placé pour le savoir, chaque fois que cela s'était avéré nécessaire, il s'en était montré totalement, mais alors totalement incapable.

Antonia plaça l'écouteur contre son oreille comme s'il eût été relié à un détonateur.

— Antonia Gorbachian ?

Elle paria pour une attaque par le front de l'Est, les républiques dissidentes et anciennement soviétiques bougeaient trop depuis quelque temps. Les blindés avaient dû franchir la frontière.

— Je ne m'appelle pas Jeremy, et je n'ai rien à voir avec le golf, dit la voix.

Sans qu'elle l'ait décidé, les doigts d'Antonia se décrispèrent. Ses jambes se levèrent toutes seules et ses talons se posèrent sur le bureau dans la position prétendument favorite des patrons de choc. Elle s'enfonça davantage dans son fauteuil soudain moelleux et se mit à flotter à travers la pièce avec une lenteur mélodieuse. Une plume dans l'air du temps.

— Vous vous appelez Laplanch Stephen et vous exercez un métier inavouable, dit-elle en ayant l'impression qu'elle n'arriverait plus jamais à s'empêcher de sourire.

— Gigolo exactement. Je serai à Bruxelles demain. Il faut que je vous voie. Vous me reconnaîtrez facilement, je valse sans arrêt sur une musique de Sibelius. Le type qui tourne, c'est moi.

Antonia se concentra. Le carnet était en face d'elle, noir de rendez-vous, et pas avec la manucure ou le coiffeur : avec tout le gratin politique et technique de l'Edifice Européen. Il fallait voler un quart d'heure, elle ne pourrait pas plus.

— Nous aurons vingt minutes maximum. Entrez dans le hall de la présidence et demandez le même numéro, je vous enverrai chercher.

A quelques fractions de seconde d'intervalle, quatre voyants s'allumèrent. Indira ne devait plus arriver à filtrer les appels en provenance directe des ministères.

— Ne vous inquiétez pas pour votre émission, dit Stephen, le premier qui vous cherchera me trouvera.

Il entendit son rire. Une cascade courte sur des pierres polies dans un ruisseau de mousse de soleil.

— A demain, Baroudeur, ne vous tracassez pas pour moi.

Une tendresse énorme l'enveloppa, un gros édredon de plume rouge et gonflé, chaud de douceur.

— Si, dit-il.

Il y eut un silence et il perçut le déclic longtemps après.

Devant lui, les murs de chaux et les grappes incarnates des vignes vierges croulaient jusqu'au rivage de la mer immémoriale. Petronio tournait la pâte, un cigare carbonisé coincé entre deux chicots.

Le miroir de poche devant Stephen Laplanch était rouillé, fendu et piqueté mais il s'y trouva beau, jeune et sympathique.

A deux mille kilomètres de là, Antonia retira ses pieds du bureau, s'étira et s'adressa aux quatre cadrans lumineux.

— Je veux avant tout, dit-elle, que vous sachiez une chose : je suis une femme magnifique et je me fous de l'Europe comme de ma première chemise. Et je me demande bien comment il a fait pour trouver le numéro le plus secret de la planète.

Elle se sentit divinement bien et enfonça la première touche.

IV

— L'antenne dans deux minutes.

Jossip se tourna vers le réalisateur. Au mur, sur les soixante-dix écrans allumés, une bonne moitié diffusaient l'image d'un fauteuil de cuir vide.

Dans l'espace lumineux délimité par les batteries de projecteurs, les huit journalistes rissolaient doucement dans la chaleur dégagée par les spots.

— Qu'est-ce qu'elle fabrique, murmura Jossip, mais qu'est-ce qu'elle fabrique, bon Dieu !

— Générique dans une minute.

Jossip n'avait plus d'ongles depuis vingt-quatre heures et commençait à mordiller la peau tout autour. Il avait eu une communication éclair moins de quarante-cinq minutes auparavant avec les douze attachées de la présidence chargées des relations avec la presse, et la rumeur avait été confirmée : aucune préparation, aucun contact n'avait eu lieu entre les journalistes invités et les « sherpas », les conseillers de la présidence payés pour établir les grandes lignes des réponses et pour fournir la documentation, les chiffres et les statistiques.

En termes clairs, Antonia Gorbachian partait au combat sans munitions solides et sans savoir exactement d'où partiraient les coups. Un suicide.

Jossip se pencha vers la vitre blindée qui surplombait la salle. Cent cinquante personnes triées sur le volet et contrôlées par les hommes de Bedwards assisteraient au show Gorbachian.

Sur les écrans de contrôle, les pubs s'achevaient lorsque Antonia apparut dans la salle.

Tous se levèrent sous le double empire du respect et de la surprise.

Respect car elle était la Présidente, surprise car elle portait un tailleur vert d'eau, un corsage sable, des collants clairs et des talons aiguilles. Une boucle lui effleurait le sourcil gauche, ses paupières étaient discrètement ardoisées et sa bouche brillait d'une nuance corail.

Un des cameramen laissa flotter son objectif, et le premier régisseur tonna :

— Reprends-toi, c'est quand même pas Marilyn !

Aux dernières nouvelles, le nombre de téléspectateurs prévus dépassait celui de la finale de la dernière Coupe du monde de football.

Sous la charge des kilowatts, Antonia battit des cils, s'installa et regarda les huit journalistes qui lui faisaient face.

Elle se sentait dans une forme éblouissante.

La voix tomba des haut-parleurs :

— Départ dans dix secondes. Dix... neuf... huit...

Scaramelli était le troisième à gauche. Elle remarqua qu'il avait l'air inquiet.

— Envoyez le générique.

Elle avait refusé les deux écrans de contrôle où elle aurait pu s'apercevoir durant l'émission. Ron Vandan avait failli s'évanouir, mais elle avait tenu bon.

L'hymne européen retentissait. Elle le trouvait cacophonique. Il avait été composé par un musicien hollandais auquel on devait le fond sonore d'une dizaine de spots publicitaires, dont le plus célèbre était associé à une marque de chaussettes anti-sudation.

Lorsque la musique s'arrêta, elle vit que l'ensemble des caméras panoramiquaient vers elle.

Au-delà de la plage blanche de lumière, les voyants rouges brillaient dans l'ombre du studio.

C'était à elle.

Elle posa les avant-bras sur les accoudoirs et fit le plus naturellement du monde ce qu'elle n'avait jamais réussi dans une émission : elle sourit.

Jossip se cramponna à l'épaule du réalisateur qui en avala son micro-pastille.

— Bonjour à tous, dit Antonia, je suis heureuse de vous retrouver ce soir. On m'a demandé de commencer cette émission par un compte rendu, une sorte de mise au point sur la situation actuelle de notre communauté européenne. Ce texte, je l'ai préparé, il comporte vingt-sept pages de faits et de chiffres, mais je ne vous le lirai pas, ce serait un peu long et sans doute ennuyeux, je le résumerai simplement en trois mots : tout va bien.

— Bon Dieu, balbutia Jossip, elle sourit. Deux fois en moins de trente secondes.

— Cadre les journaleux, glapit le réalisateur. Sur les journaleux... Je veux Scaramelli.

Le visage du journaliste apparut. Manifestement, ce qu'il venait d'entendre lui restait en travers du cerveau, ou alors c'était les moules marinière de l'hôtel Europa qui ne passaient pas.

— Voici quelques jours, poursuivit Antonia, que j'entends parler de fin, de catastrophe, de séisme, de disparition. Un commentateur ibérique a même évoqué hier soir l'idée de mise à mort. Eh bien, nous voici dans l'arène, les matadors sont nombreux et j'accepte bien volontiers de jouer le rôle du taureau. A l'un de vous de poser, enfin d'essayer tout au moins de poser la première banderille.

Le régisseur bondit sur le micro d'ordres.

— Chaque intervenant a un numéro, elle est en train de casser l'émission, il faut que... Sur la trois, tous sur la trois et des inserts de réaction, vite...

Jossip recula.

Adrienne Peticoteau dirigeait les rubriques

société et politique étrangère d'un des plus importants magazines français. Elle était la seule femme parmi les intervenants.

— Je voudrais tout d'abord faire remarquer, dit-elle, que...

Le Luxembourgeois leva un doigt.

— Excusez-moi, mais il était prévu que je parlerais le premier.

Antonia prit un air maternel.

— Vous devriez vous entendre, dit-elle, sinon cela va faire désordre.

— D'accord, dit Peticoteau, d'accord, je parlerai à mon tour, comme prévu. D'accord. C'est d'accord. D'accord, d'accord.

— La première chose qui, me semble-t-il, mérite d'être dite, attaqua le Luxembourgeois, c'est que...

— D'accord !

— C'est la constatation que le climat général s'est détérioré depuis environ trois mois et...

— D'accord...

Un des techniciens se pencha sur Jossip.

— La mère Peticoteau a picolé, à chaque fois c'est pareil, elle a un trac fou et s'enfile deux verres de rhum avant d'entrer dans le studio, cette fois elle a dû forcer la dose.

La voix du régisseur monta.

— Coupez le micro Peticoteau.

Sur le plateau, les lèvres de la journaliste remuèrent à vide à plusieurs reprises, tandis que le Luxembourgeois commençait à s'engluer dans les périphrases.

Il avait rêvé d'un lac noir.

Et de tous les rêves qu'il avait, c'était de loin celui qu'il rêvait le mieux. Les eaux le portaient, il était sur le dos d'une nuit humide, et un engourdissement survenait, fait de fraîcheurs sombres et d'odeurs d'herbes nocturnes. Ce devait être les eaux du Wendelsee. Le mot l'avait presque réveillé, il devait y avoir une mémoire particulière au sommeil, car il ne se souvenait pas de l'avoir su ou prononcé, étant éveillé... C'était le lac devant l'hôtel, celui qu'il avait voulu traverser en barque avec Antonia. Elle était là d'ailleurs, nageant près de lui dans l'ombre mouvante, son visage disparaissait, masqué par les fleurs lourdes des nénuphars, et puis ils retrouvaient l'eau plane et flottaient, barques vivantes ouvrant au cœur des moires le sillage d'argent des étraves dolentes... Que signifiait ce voyage aquatique ? Leurs corps avaient en cet instant une liberté qu'ils ne posséderaient jamais.

Ils ne connaîtraient plus un tel silence.

La plénitude était si intense qu'il se tourna vers le visage de sa compagne pour y lire un bonheur qu'il espérait égal au sien et constata qu'une table de nuit flottait au ras des eaux du lac. Elles disparurent et, du coup, la table de nuit cessa de flotter. Stephen vit alors que la table était vraie puisqu'elle comportait une lampe faux Louis XV, un journal de la veille, ses lentilles de contact, une boîte de Témesta et une bouteille de Jack Daniel's.

Si la table était réelle, le lac était faux et le Wendelsee disparut avec Antonia, ce qu'il regretta énormément.

Il était engourdi et n'eut pas le courage de regarder sa montre, son avant-bras étant bloqué sous l'oreiller.

Les heures écoulées avaient été épuisantes et folles. Il y avait eu des aéroports dont tous les avions étaient complets, et puis un taxi jusqu'à Vintimille, et un train dans la nuit interminable, Paris au petit matin vide... Il s'était rafraîchi dans les lavabos de la gare avec les routards, il avait enjambé des sacs à dos, avalé un crème sans sucre au buffet de la gare du Nord, et repris un autre train pour Bruxelles. Il était arrivé hirsute, avait foncé au radar vers le palais de l'Europe et, dès les portes franchies, s'était précipité sur les hôtesses d'accueil ; la plus costaude avait cru au surgissement d'un terroriste, elle avait enclenché le bouton d'alarme et, comme les gardes jaillissaient, elle avait levé les bras au ciel.

— Arrêtez tout, je connais cet homme, c'est un acteur !

Stephen la fixa avec une immense reconnaissance. Non seulement elle lui évitait d'être menotté et tabassé dans les cinq secondes qui allaient suivre, mais encore elle prouvait qu'il n'avait pas tellement changé ces dernières années. Elle se pencha vers lui avec une nuance d'adoration et chuchota :

— Je vous ai reconnu, mais tout de même, vous ne devriez pas vous raser la moustache, monsieur Selleck, vous êtes moins bien comme ça.

— C'est pour changer un peu, s'excusa Stephen. Et puis, j'essaie de passer inaperçu.

Elle eut un rire d'hyène affamée.

— Manqué ! dit-elle, vous êtes tombé sur une physionomiste.

— Vous pouvez peut-être quelque chose pour moi, dit Stephen, j'ai rendez-vous avec la Présidente.

L'hôtesse opina du chef.

— Il faut passer par Indira, dit-elle, si elle dit oui, c'est oui, si elle refuse, vous ne passerez pas, même si vous êtes dans votre hélicoptère à double rotor.

Stephen se souvint de justesse que Tom Selleck avait tourné une série où il pilotait ce genre d'engin.

— Je vois que vous êtes une connaisseuse, dit-il.

Elle acquiesça et décrocha le téléphone.

— Je connais tout sur vous, dit-elle, comment se fait-il que vous n'ayez pas Mary Lou avec vous ?

Il eut un geste vague.

— Elle a préféré rester aux Etats-Unis, dit-il, elle adore s'occuper de son intérieur.

L'hôtesse composa le numéro. Elle avait des triceps impressionnants et ses deltoïdes roulaient sous l'uniforme.

— Et que préfère-t-elle comme occupation ?

C'était ça l'ennui avec les membres d'un fan-club, ils cherchaient toujours à tout savoir.

— La couture, un peu de tapisserie...

Il prit un air attendri et ajouta :

— Et puis, elle a son piano.

L'hôtesse leva la tête.

— Mary Lou est un dogue allemand femelle de quatre-vingt-cinq kilos, dit-elle avec sévérité, je l'ai lu dans *Idoles*. Le numéro du mois dernier. Il y avait même une photo, vous la teniez en laisse.

Stephen Laplanch éclata de rire et se tapa sur les cuisses avec force.

— Bravo, s'exclama-t-il, vous avez brillamment passé le test. La plupart des gens tombent dans le piège. Maintenant, je sais que vous êtes une vraie fan. Serrons-nous la main.

La défiance dans ses yeux ne fondait pas. Si elle rappelait les mastodontes du service de sécurité, tout était fichu.

La voix d'Indira lui parvint, lointaine, à travers l'interphone.

— Secrétariat présidence, j'écoute.

— J'ai Tom Selleck dans le hall, dit l'hôtesse, il voudrait...

— Laplanch, souffla Stephen, Selleck est un pseudo.

Avec réticence, l'hôtesse se décida à communiquer l'information, manifestement elle n'avait jamais rien lu de semblable dans *Idoles*.

Quelques secondes plus tard, Stephen, ruisselant de sueur, s'engouffrait dans un ascenseur. Il subit deux fouilles successives et se trouva face à Indira. Blonde, lunettes, peau blanche nuance lavabo, un mètre cinquante, soixante bons kilos. La trentaine, une pointe de strabisme.

— Vous ne faites pas vraiment indienne, remarqua-t-il.

— Je suis née à Dunkerque, voyez-vous, dit la

jeune femme, mes parents et mes grands-parents sont de Tourcoing mais mon père était un passionné des Indes. Je l'ai échappé belle, mon frère s'appelle Rabinjanakrismusti. Suivez-moi.

Il lui emboîta le pas puis elle s'effaça et disparut. Une porte s'ouvrit. Antonia était là.

Il avait participé, il y avait trente-cinq bonnes années, à l'épreuve de relais quatre fois cent mètres de l'université d'Indiana. Il démarra avec la même vélocité que lors de la finale interétats. Elle dut foncer également car ils se rejoignirent au centre du bureau.

Pita Brabansky. Il n'avait jamais embrassé une fille avec une telle joie depuis Pita Brabansky. Elle avait huit ans et lui sept, il y avait du foin partout, la paille lui piquait les fesses à travers le jean et il n'avait plus parlé pendant deux jours tellement il avait eu mal aux lèvres.

Antonia tournoya entre ses bras et ils faillirent s'étaler sur la moquette.

Le parfum de pomme, de framboise aussi, celui de sa bouche. Il sentit la violence de la vie qui battait en elle. Je ne la lâcherai plus, il y aura toujours cette musique folle, cette chanson, mon Dieu, si elle part, je meurs.

Les doigts du chef du gouvernement européen tremblèrent sur les tempes grises du vieux play-boy.

— N'arrêtez pas, murmura-t-elle, surtout n'arrêtez pas.

Tant d'années mortes, tant d'années sans folie, et soudain cette danse, j'en mourrai mais tant mieux.

Elle sentit ses mains courir le long de son dos, plonger dans ses boucles. Elle regarda ses yeux, c'était l'éclairage peut-être, mais il y avait de l'eau dedans, une goutte tremblée, lumineuse, où elle se vit.

— Faisons l'amour, dit-il. Plancher, bureau ou canapé, on commence par quoi ?

Elle eut le même rire qu'à Wendelstein et il se sentit fondre. Un petit tas flageolant, un vieux flan anglais gélatineux.

— Il reste treize minutes, dit-elle, ça va faire juste.

Il s'écarta d'elle et la contempla, la tenant à bout de bras. Il prenait conscience du décor, immense et glacé, de ce bureau comme un tableau de bord de long-courrier, avec cette carte au mur, ces écrans... Elle dirigeait un continent, le premier de la planète. Disons le deuxième.

— Bon Dieu, mais comment allons-nous faire, Antonia, pour simplement nous voir...

Elle eut un sourire de bravoure et pencha sa joue pour toucher la main de Laplanch posée sur son épaule.

— Je ne sais pas, je n'y ai pas pensé... donnez-moi une cigarette.

Elle aspira une bouffée à se faire éclater les bronches et se rua à nouveau sur lui.

C'était un baiser rouge et valsant, une fête virevoltante, un manège d'enfants qui ne cesserait pas, les chevaux montaient dans les lampions, les guirlandes, et la nuit d'été s'ouvrait.

— J'ai douze ans, haleta Stephen.

— On vous en donne plus.

Il la souleva et ils atterrirent sur le canapé de Victoria Zaraford.

Les élans étaient si rares en fin de compte, laminés par les calculs, les blocages, les tactiques, les freins de l'âme et du corps, et là ils étaient partis, deux locos en sens inverse et sur la même voie, et ils explosaient follement, tendrement. Il se sentit en miettes, sous le rouleau compresseur, un déraillement parfait, cataclysmique.

— J'ai quitté mon dernier gagne-pain, dit-il, terminé, elle voulait que je marche sur les mains, habillé en clown.

— Ça peut paraître à première vue excessif.

Il l'embrassa sur le coin gauche de la bouche.

— A quel hôtel êtes-vous ?

— Je suis venu directement ici.

— Prenez-en un et donnez le téléphone à Indira. Je vous appellerai ce soir.

— Quand se revoit-on ?

Les choses allaient vite, elle devrait maîtriser l'accélération. Dans moins de cinq minutes, elle aurait deux ambassadeurs devant elle.

— Pas ici, les caméras vous ont enregistré, je vous ai fait passer pour un attaché culturel néozélandais ; si vous revenez, nous ferons la manchette des journaux, et ce sera le scandale du siècle.

— Il faut éviter ça, dit-il ; si quelqu'un m'identifie et se renseigne, je vous certifie qu'avec mon pedigree, il y aura de quoi quadrupler le tirage des magazines.

Elle écrasa le mégot dans un tiroir. Il devait rester quelques minutes. La panique monta en lui.

— Il n'y a pas au monde de visage plus connu que le vôtre, jamais vous ne pourrez...

Elle lui posa un doigt sur les lèvres.

Le voyant s'éclaira : la voix d'Indira à l'interphone.

— Les membres du corps diplomatique sont dans le salon d'apparat.

Elle se pencha, effleura le bouton.

— Qu'ils admirent les Modigliani.

Il sentit le frémissement de sa peau contre la sienne, la soie froide du corsage.

— Appelle-moi ce soir, je t'en prie...

Ils se levèrent ensemble, il la plaqua contre la porte et elle gémit.

— La morsure du désir, balbutia-t-elle, la Grande Prêtresse résistera-t-elle aux assauts de l'étalon furieux ?

— Ça m'étonnerait, dit-il. Juste avant de partir, un point d'information : je n'ai pas eu le temps de t'expliquer que j'étais amoureux.

— Je ne sais pas si ce genre de chose a un nom, dit Antonia ; s'il en a un, ce doit être celui-là.

Elle se dégagea.

Stephen posa la main sur la poignée de la porte et sortit. Elle le regarda : malgré sa carrure, une inexplicable fragilité l'entourait comme un halo, quelque chose de cassable et d'enfantin était en lui... C'était peut-être cela qu'elle avait perçu, autrefois, au temps des séries télé... Il lui avait plu non pas parce qu'il était invincible et triomphait, mais parce qu'il pouvait mourir à chaque seconde.

Elle respira profondément et pensa qu'elle allait éclater en sanglots. Elle boxa le vide, expédia trois directs, deux uppercuts et termina par une rafale dans un foie imaginaire... Elle prit la brosse dans le premier tiroir, se gonfla la chevelure en un aller-retour éclair et s'assit.

Je vais exploser mes neurones, pensa-t-elle. Un accident de bonheur.

C'est un maquereau ou quelque chose d'approchant. Etre avec lui est totalement impossible sans ruiner illico ma carrière. Une super-affaire Profumo à l'envers, et je craque de joie par toutes les coutures ! Antonia, vous êtes cinglée. Antonia, tutoyez-moi, je me sens proche de vous.

— Indira, faites entrer les ambassadeurs.

Elle ne sut jamais exactement ce qui se passa durant les minutes suivantes. Elle confondit le Mélanésien et le Philippin, mais une incoercible sensation d'optimisme l'amena à penser que cela n'avait aucune importance, ils étaient aussi vieux, aussi sympathiques et aussi jaunes l'un que l'autre. Elle dut faire un gros effort d'attention lorsqu'il fut question d'accords tripartites concernant la création de quatre ports francs où se trouveraient impliqués capitaux et assistance technique européens.

Sans avoir à rechercher les textes de référence réglant ces problèmes toujours litigieux, sa mémoire était assez bonne pour qu'elle puisse avancer que la position de l'Europe était simple et datait du traité de Rome. La question était réglée en appendice aux clauses concernant les rapports avec les pays non communautaires. Et c'est à cet instant qu'elle eut l'idée de la chirurgie esthétique : elle se faisait refaire le nez à la Marilyn, son rêve, à la place de son pied de marmite, une teinture de blonde platinée, des lunettes factices et, avec de faux papiers, elle allait même épouser le Baroudeur à Saint-Pierre de Rome... En tout cas, conclut-elle, le projet dépendrait avant tout de la décision du Parlement auquel elle le soumettrait par l'intermédiaire du Conseil économique européen, section des problèmes portuaires douaniers.

Le petit monsieur philippin souriait toujours béatement.

— Pouvons-nous espérer que la présentation que vous en ferez sera assortie d'un avis favorable ?

Le téléphone sonna.

— Excusez-moi.

Elle décrocha. Une nouvelle fois la ligne privée... La voix feula à son oreille :

— Sais-tu que tu gis en ce moment, pantelante, sur ton canapé, étreignant avec volupté mon torse bosselé de muscles...

Antonia sourit au petit Philippin.

— Je pense qu'il faut avertir les autorités compétentes, dit-elle.

Du coup, le petit Mélanésien sourit aussi et devint plissé du crâne au menton.

— La puissance furibonde de mon désir se déchaîne, déjà les gardes accourent, attirés par tes cris de volupté.

— C'est un point délicat, dit-elle, j'aimerais connaître la suite.

— Impossible de nous séparer, Indira a essayé avec une serpillière froide mais c'est un échec.

Philippin et Mélanésien semblaient écouter, toujours souriants.

— J'en parlerai aux membres de la commission

intérimaire, dit-elle, ils ne manqueront pas d'être surpris.

— Les types avec qui tu es — je les ai aperçus en sortant — sont des pédophiles patentés repérés par Interpol, dit-il, ils sont bien en face de toi en ce moment ?

— Oui.

— Repère bien celui qui est le plus à gauche, c'est un exhibitionniste connu, dans quelques secondes il va se déshabiller.

Les yeux d'Antonia se portèrent sur le petit Mélanésien. Il fut infiniment étonné : on lui avait dit qu'Antonia Gorbachian était aussi impénétrable qu'une jonque dans les brumes de la mer de Chine, et elle le regardait avec un sourire large comme la porte des Cent Mille Dragons.

— Merci de cette information, dit-elle, je saurai en tenir compte.

Il murmura quelques obscénités et raccrocha. Elle reposa le combiné à son tour.

— Excusez-moi, dit-elle, le ministère de la Culture fait souvent du zèle.

Ils se confondirent, toujours souriants, en saluts à répétition. Ils devaient l'un et l'autre emporter un curieux sentiment de cette entrevue. Sans liaison directe avec le sujet, la Présidente était secouée parfois d'un rire spasmodique. Le Mélanésien plissé optait pour une maladie nerveuse, le Philippin penchait plutôt pour une sensibilité particulière aux problèmes de fiscalité maritime. Ils en discutèrent longuement, très tard dans la nuit, et n'éclaircirent en rien le mystère.

Vingt-deux heures trente-sept.

Cela n'avait pas d'importance car l'émission était non-stop, c'était l'accord conclu entre les services de la Présidence et les chaînes.

Jossip eut le sentiment qu'Antonia Gorbachian aurait pu parler encore six heures d'affilée, mais que les jeux étaient faits depuis longtemps. Elle avait possédé ses interviewers les uns après les autres. Le réalisateur dégagea ses oreilles des écouteurs.

— Mettez tout sur elle, dit-il, dès qu'on s'en éloigne, on perd de l'influx, elle a bouffé du lion.

C'était palpable, elle était seule sur le plateau, aucun des journalistes n'avait tenu le coup, même Scaramelli en avait été réduit à soulever des problèmes mineurs qu'elle avait réglés en quatre formules lapidaires et définitives. Adrienne Peticoteau avait mâchonné quelques remarques inaudibles. Quant à la question essentielle, celle d'une partition de la Communauté où le rôle de l'Allemagne serait prépondérant, la Présidente avait prononcé sur ce point un discours ferme, ouvert et définitif qui s'était achevé sur une vision quasi cosmique. L'Europe était un continent et un continent était une entité géographique. Ce n'est qu'historiquement qu'elle s'arrêtait à l'Oural ; l'Inde, la CEI étaient aussi européennes que l'Angleterre ou l'Italie, l'Europe s'ouvrant vers l'Est, sa mission était celle d'une conquête pacifique, de l'Atlantique aux mers froides du Grand Nord, de la Méditerranée aux mers chaudes qui baignent les côtes du Cachemire et au-delà.

Lorsqu'elle conclut, les spectateurs se levèrent et les caméras panoramiquèrent sur la salle qui éclata en applaudissements frénétiques.

Jossip en vacilla sur ses jambes. La victoire. Un triomphe. Dans la salle, Ron Vandan envisagea de revoir ses tarifs à la hausse. Sur le plateau, Antonia rangea les feuilles de son dossier et sourit à la nuée de photographes.

Un des techniciens son sortit sa pipe et jeta un œil connaisseur sur la silhouette d'Antonia Gorbachian qui s'éloignait.

— Amoureuse, dit-il.

Jossip se tourna vers lui.

— A quoi voyez-vous ça ?

L'homme expulsa une bouffée grise et nauséabonde en direction de son interlocuteur.

— Je l'ai filmée quatre fois, dit-il. Les trois premières, c'était aussi marrant que d'enregistrer au dictaphone sur un bloc de calcaire. Aujourd'hui, elle est vivante... et puis, regardez...

Ils se penchèrent ensemble et la regardèrent partir au milieu de la foule.

— Ses hanches bougent, alors croyez-en mon expérience, il y a un mec là-dessous.

V

— Comte Ubrecht von Low et comtesse Raskin von Low.

L'hôtesse prit le carton et vérifia la liste. Cerné par les gorilles qui musardaient dans le hall d'apparat, le couple vacillait.

Un vigile engagé la veille fonça sur Al Bedwards et découvrit des dents de chacal.

— On les fouille ?

Bedwards soupesa le couple du regard. Le comte et la comtesse devaient avoir cent quatre-vingts ans à eux deux.

— Ça m'étonnerait qu'ils arrivent à soulever une kalachnikov..., dit-il.

Le vigile avait vingt-trois ans, s'entraînait à la boxe thaïe quinze heures par jour et sautillait dans ses vernis. Son smoking avait beaucoup de mal à le contenir.

— Chez les Marines, dit-il, on apprend que tout ce qui est vivant peut être dangereux.

Bedwards avait compris dès le premier regard que ce jeune type serait insupportable. De plus, ayant tendance à s'envelopper à partir de l'estomac, il avait horreur des costauds à ventre plat.

— Les Marines sont des cons, dit-il.

Il laissa son interlocuteur la bouche ouverte et, mains derrière le dos dans sa posture favorite, il partit fouiner dans les galeries et les enfilades de salles illuminées.

Sa dégaine et son air suspicieux étaient tels qu'aucun être humain ne pouvait croire une seule seconde qu'il ne fût pas flic. Lorsqu'il marchait sur un trottoir, les automobilistes ralentissaient. A Knokke-le-Zoute en août dernier, il se promenait sur la plage vêtu d'un bermuda et chaussé de nu-pieds. Il avait ramassé le ballon d'une mignonne de quatre ans et le lui avait tendu. Elle l'avait pris sans un sourire et avait articulé :

— J'aime pas les flics et mon papa non plus.

— Mes compliments à ton papa, avait-il soupiré.

Bedwards connaissait les lieux. Il n'arrivait pas à s'y habituer, peu de gens d'ailleurs y parvenaient, mais il faut dire que les designers, architectes et décorateurs s'en étaient donné à cœur joie.

Dans la salle de bal, une grotte de micaschiste et d'acier trempé éclairée au laser, cinq mille personnes pouvaient s'ébattre. Les escaliers avaient été remplacés par des décrochements formant des plans inclinés, doublés de plateaux monte-charge de verre fumé pouvant hisser ou descendre cent cinquante invités à la fois. Les colonnes entrelacées dessinaient le sigle de l'Europe, et, dans une conque de bronze et d'émail, un orchestre symphonique entier avait pris place. Ce soir, le gouvernement recevait les plus hauts dignitaires, les principaux ministères et fonctionnaires en place, ainsi que les chefs des groupes parlementaires.

Bedwards renifla l'ambiance. Elle était bonne. La prestation télévisée d'Antonia Gorbachian y était pour quelque chose, une aile noire avait frôlé le bel Edifice mais s'était enfuie. On pouvait donc taper derechef dans les petits fours et emplir les verres de prestigieux vin d'Espagne, de grands crus français, de muscat italien ou de l'effroyable piquette tchèque dont les responsables du Parti tentaient de se débarrasser par tous les moyens depuis leur entrée dans la Communauté.

Comme d'habitude, la femme de l'attaché plénipotentiaire au Vatican était la première à avoir un coup dans le nez, elle s'efforcerait bientôt d'interpréter *Le Lac des cygnes* en jonglant avec deux plateaux de zakouskis. Tout était donc dans la norme. Il jeta un œil à son poignet. Il s'était offert quelques années auparavant une montre d'espion dans une officine d'Amsterdam, la notice annonçait qu'elle supportait des pressions marines à plus de huit cents mètres, qu'elle lançait un gaz paralysant et fournissait l'heure de tous les pays du monde. En fait, elle prenait l'eau dès qu'il pleuvait et était fixée définitivement sur le fuseau horaire de Santiago du Chili, ce qui l'obligeait à des calculs compliqués.

Al se dirigea vers les salons d'honneur où la Présidente n'allait pas tarder à se rendre. Il lui avait détaché deux spécialistes de la protection rapprochée, mais il serait plus tranquille si lui-même ne la perdait pas de vue.

Les salles s'étaient remplies. Malgré les efforts d'insonorisation, l'atmosphère était bruissante. Depuis les étages, cela formait un curieux bruit de feuillage où les rires des femmes étaient les notes hautes ; lorsque Stephen Laplanch s'appuya à la balustrade de l'un des balcons, il lui sembla qu'à travers les lumières diffuses il surplombait une forêt joyeuse, une jungle plantée d'hommes en habit et de femmes pépiantes.

Il avait reçu le carton d'invitation le matin même par porteur. Au dos, deux simples mots et un chiffre : « Salle des gardes. 9 h 15. »

Il avait passé une bonne partie de l'après-midi à repasser son smoking avec quatre punaises et un Bottin, et à faire sécher avec deux briquets à gaz jetables le vernis noir peint sur ses mocassins.

Il alluma une cigarette, prit une coupe de champagne suédois et se mit à déambuler dans la foule. Il lui restait un quart d'heure.

Un plan infernal. Ça ne devait pas rater. Et si ça ne ratait pas, ils auraient trois jours. Trois fois vingt-quatre heures. Le gong sourd dans la poitrine... il avait commencé là-bas, en Autriche, pendant la nuit de Sibelius, il n'avait pas cessé depuis et se poursuivait sous les hauts plafonds du palais de l'Europe. Il savait le nom de ce tam-tam d'impatience, de cette fête scandée au creux de sa poitrine, c'était Antonia présente qui lui pilonnait les coronaires, rythmant le cours de ses heures, elle frappait comme...

— Excusez-moi.

Le vin oscillait encore dans son verre sous le choc. Elle était si petite qu'il ne l'avait pas vue.

— Vous tournez le dos à la salle des gardes, voyez-vous.

Indira. Elle portait une robe de mousseline épinard et rose crevette. Le nœud dans les cheveux n'arrangeait rien, lui conférant un aspect baba au rhum. Le maquillage du soir accentuait son strabisme.

— Vous êtes ravissante, dit-il, on vous mangerait.

— Retournez sur vos pas et prenez le plateau 4.

— Merci. J'espère que nous nous verrons bientôt, Indira.

— N'abusez pas des formules toutes faites. N'oubliez pas, plateau 4.

Il la regarda partir. Grosse petite pâtisserie louvoyante. Avec un demi-litre de chantilly sur la tête, elle aurait été parfaite en saint-honoré.

Il trouva le plateau quatre et y monta en compagnie de trois couples, un liftier enclencha le mécanisme, et à travers les parois transparentes, ils virent le palais s'élever lentement tout autour d'eux.

Ils atterrirent à quelques mètres d'un buffet squatté par les écrivains, lauréats du prix Europe, le nouveau Goncourt international. En passant près d'eux, Stephen les entendit évoquer le fait que l'écriture était certes une vie mais aussi une contre-vie. Il les laissa dans ces excellentes dispositions et poursuivit sa route, se demandant comment des gens qui pouvaient parfois n'être pas trop ennuyeux seuls étaient toujours soporifiques ensemble... Carla aimait en réunir une pleine tablée et les écoutait pérorer, elle appelait ça les soirées marchands de sable. Elle devait par la suite les échanger contre un grand verre à dents de vieux brandy ou, les soirs de dépression, une bonne dose de Témesta.

C'était là. Il leva les yeux. Cela tenait de la cathédrale, du hall d'exposition, de la grotte sous-marine et du bureau du maître du monde dans un James Bond à très gros budget. Des chevaliers de faux granit qui appartenaient à la fois au Moyen Age et à la science-fiction soutenaient l'emmêlement des voûtes dont le sommet se perdait dans la pénombre.

La foule semblait moins dense en ces nouveaux lieux, mais parmi les invités, il repéra quelques photographes dont les appareils, même miniaturisés, ne tenaient pas dans la poche des smokings.

Vingt et une heures.

Il devina un mouvement dans les têtes, et la marche des couples en mouvement s'accéléra en direction du coin droit de la salle. Parmi les spectateurs, Stephen reconnut Bedwards dans son habituelle attitude de fin limier.

Antonia apparut au centre d'un groupe de gens. Il y eut une volée de flashes.

Près de Stephen, une caméra d'épaule tournait. Une fille à la robe aussi longue que fendue tendait un micro que la Présidente esquiva. Il la vit passer, illuminée, derrière les nuques en silhouettes. Robe anthracite, cheveux libres, sans maquillage. Il avala sa salive. Jamais il ne pourrait lui parler en particulier.

Elle obliqua vers lui. Il s'inclina. Il sentit les regards.

— Monsieur l'attaché d'ambassade, c'est gentil d'avoir accepté d'être des nôtres ce soir.

Stephen porta à ses lèvres la main d'Antonia Gorbachian.

— La Nouvelle-Zélande, si lointaine géographiquement, se sent une grande fraternité avec la Communauté que vous représentez...

Par discrétion momentanée, les voisins les plus proches autour d'eux s'écartèrent.

— D'ailleurs, ajouta Stephen en baissant légèrement la voix, la preuve en est que chaque fois qu'un Néo-Zélandais voit un Européen, il le fait cuire et il le bouffe.

Elle hocha la tête avec intérêt.

— L'Européen chaud est excellent pour la santé.

A moins de cinq mètres d'eux, la favorite du ministre de l'Education se pencha à l'oreille de son amant, possesseur de dix-sept pétroliers et de trente mille kilomètres de pipelines.

— Quelle classe, chuchota-t-elle, et quel art des relations humaines, ce ne doit pas être facile de trouver un sujet de conversation à propos d'un pays aussi lointain.

— L'habitude, dit le richissime amant, entamant sa troisième douzaine de sandwiches à l'esturgeon.

Antonia accentua son sourire et baissa encore davantage la voix. Il leur restait moins de vingt secondes pour tout régler ; ce délai passé, il y aurait bien un chroniqueur à scandales qui pondrait demain une belle tartine commençant par : « On croyait la Présidente de la Communauté insensible au sexe fort, or il semble qu'hier soir... » Et si le même chroniqueur cherchait à savoir qui était le sémillant quinquagénaire avec qui elle avait eu un entretien plus long que ne l'autorisait l'étiquette, cela pourrait faire un léger bruit, quelque chose qui ressemblerait à un tremblement de terre de belle amplitude.

Sans cesser de sourire, elle articula :

— Vendredi vingt et une heures, nationale 327, carrefour d'Hookebroek, direction de Wingenne. Je répète ?

— Non, c'est gravé.

Il prit congé, buste incliné et, nonchalamment, se mêla à la foule qui stationnait près des buffets.

Vendredi. Dans quarante-huit heures. Il sentit une impatience si forte qu'elle lui sécha la bouche.

Il l'aimait. Aucun doute là-dessus.

Il en était aussi sûr qu'il était certain de ne plus avoir aimé personne depuis Pita Brabansky. Lui seul savait ici quelle était la douceur de sa peau et la tendresse affolée de son regard. Il l'avait aimée depuis Sibelius, avant même, comme s'il avait su toujours, sous les sapins de la forêt d'Autriche, qu'elle était celle qu'il lui fallait absolument, celle qui possédait cette exacte mesure d'émotion rieuse, de gravité espiègle dont il n'avait jamais trouvé le dosage jusqu'au soir de Wendelstein... Entre les starlettes en tout genre de sa période faste et les mémés décaties sur lesquelles il s'était rabattu, s'il faisait le bilan de sa vie, il ne s'y trouvait au fond qu'une femme et une seule : Antonia.

Il leva les yeux vers les voûtes surplombant la réception... le film continuait, une fois de plus il tenait le premier rôle, il était amoureux de la princesse et s'était introduit dans son palais... Un scénario pour Chanel 5... la vie continuait à prendre des airs de feuilleton télé, mais cette fois, il ne connaissait pas la fin de l'épisode.

Antonia serra une trentaine de mains, avançant de son pas de majesté... Ne te retourne pas, petite, surtout pas... Tu le voudrais tant, il est là dans la foule, ton beau rêve de gosse, un rêve ridicule et si fort qu'il te brise le cœur... Je me l'étais promis un soir dans ma chambre, je m'en souviens, maman achevait la vaisselle dans la cuisine, j'entendais le bruit des verres heurtés... « Jamais un autre homme ne m'effleurera. » J'ai presque tenu parole...

— Je suis heureux de vous voir, général Starkel.

Le général avait la calvitie papier de verre.

— Permettez-moi, madame la Présidente, de vous présenter mon épouse...

Des poignées de main encore, des paroles mécaniquement bienveillantes... Croyez-vous donc que je n'appartienne qu'à vous, tristes guignols ?

Antonia plia le jean et le fourra dans le sac.

Malgré les précautions les plus insensées, il y avait toujours un moment où une rumeur filtrait. C'était le ministre et le top model, le candidat aux élections et sa secrétaire, le secrétaire général du Parti et la prostituée thaïlandaise... les exemples foisonnaient.

Cela se saurait. D'une manière ou d'une autre... Indira pouvait la trahir, elle était à la merci d'une fausse manœuvre, d'un téléobjectif plus puissant que les autres...

Antonia ressortit son jean du sac.

Elle aimait le contact de la toile rêche... cela faisait bien deux ans qu'elle ne l'avait plus mis... Ils feraient du feu dans la crique entre les galets, l'odeur des sardines monterait dans la nuit...

Elle replia son vieux Lewis et le refourra dans le sac.

Gary Hart avait loupé la présidence des Etats-Unis pour une call-girl. Sans parler du scandale provoqué par le départ du chancelier Karl Uprecht avec sa prétendue petite-nièce de seize ans et demi... Pour elle, ce serait pire évidemment. Doublement : le monde, toujours machiste, excusait en partie les frasques des chefs d'Etat mâles, il n'aurait pour elle aucune mansuétude, elle devait s'attendre à être totalement rejetée, mise au ban des nations. Elle serait la Grande Prostituée, celle qui, en plus, avait offert, des années durant, l'image d'une femme de marbre et de neige, intouchable, celle pour qui la notion même de sexe n'avait aucun sens... et elle trompait l'Europe avec qui ?... avec un vieux beau, ex-acteur *has been* qui, trente ans auparavant, devait tomber les donzelles...

Je n'irai pas. Je vais tout perdre, tout ce pour quoi je me suis battue, toutes ces années de lutte, d'études, de calculs... De plus, je crois au métier que je fais, je crois à ma tâche, à l'Europe.

Elle ferma les yeux et, sous les paupières, la fumée des sardines monta... Stephen retournait le gril sur les pierres rondes et activait les braises. Le rougeoiement chatoyait dans ses prunelles d'eau et il revenait vers elle. Sa poitrine sentait la mer et l'amour...

Elle enfonça définitivement le jean dans son sac et tira la fermeture Eclair. Voilà, c'était fait... Mon royaume pour un Baroudeur.

Le Baroudeur poussa le verrou de la porte de sa chambre puis il alla vérifier s'il était bien invisible des fenêtres des immeubles qui cernaient la place. Ces précautions prises, il porta la valve à sa bouche et gonfla les joues. L'odeur salée du caoutchouc était écœurante. Il souffla.

Contre son œil droit, les orteils rosâtres se boudinèrent les premiers. A l'horizon, le reste de Gina était flasque, cela ressemblait à un sac de peau passé au rouleau compresseur, il respira à fond et lâcha tout l'air de ses poumons : les genoux frémirent et la tête plate émergea des épaules.

Le patron du sex-shop était un spécialiste, il avait proposé d'entrée Angeline, latex renforcé imitant le grain de la peau, double couture interne garantissant une étanchéité parfaite, aucun risque de crevaison, perruque en cheveux véritables, ongles peints... L'ensemble était lavable, vendu avec gonfleur portatif, une pression sur la poitrine pouvait produire un couinement censé être une plainte de plaisir. Quelques accessoires vestimentaires étaient joints à la boîte, sous-vêtements soyeux à forte nuance pourpre soulignés de dentelles noires, rustines et petit paquet de lessive. Une notice spécifiait que le lavage en machine n'était pas recommandé.

Stephen avait rêvé un instant sur Angeline — le couvercle de la boîte la représentait, blonde platinée, l'œil bleuet, les joues sphériques, les mamelles ogivales et avait avoué préférer les brunes. On lui avait présenté aussitôt Wanda, elle n'avait pas le fini d'Angeline, le plastique était plus grossier et moins rosé, il avait même une certaine transparence, ce qui lui donnait une vague allure de femme invisible. Il s'était donc fixé sur Gina — le fait que le modèle possédât une longue chevelure, ce qui permettait de la nouer en chignon, avait été décisif.

— Je vais prendre celle-ci.

Le patron avait enveloppé la boîte en un tournemain.

— Vous en serez satisfait. Si vous restez longtemps sans vous en servir, pulvérisez un peu de talc à l'intérieur, cela évite les mauvaises surprises.

— Je n'y manquerai pas, dit Stephen, obéissant.

— Si cela vous intéresse, nous avons un arrivage la semaine prochaine de Thaïlandaises, excellente finition et elles parlent. Elles disent « viens, chéri », « encore », « c'est très bien », « merci beaucoup » et « on recommence ».

— Je n'y tiens pas, dit Stephen, j'ai toujours préféré lorsque les femmes se taisent.

Le patron opina du chef.

— Vous avez bien raison, dit-il, mais enfin je vous le signale. C'est de la fabrication coréenne de premier choix.

— Merci, dit Stephen, je vais rester fidèle à Gina quelque temps.

Gina finissait de gonfler. Stephen, hors d'haleine,

exhala un dernier filet d'air dans l'embouchure et produisit un sifflement de turbocompresseur. Trente-cinq ans de cigarettes, même avec filtres, n'arrangeaient pas les poumons.

Il pinça les doigts et introduisit rapidement le bouchon. Il s'effondra, épuisé.

Devant lui, étendue sur le lit de l'hôtel, se tenait Gina. C'était son air idiot qui frappait en premier. Stephen la fixa avec une vague répugnance. Ce pantin dodu, il n'aurait su dire pourquoi, le mettait mal à l'aise. Il la retourna. Les fesses formaient deux superbes ballons de football et il se retint de shooter dedans.

Le chignon, la veste et les lunettes. Procéder dans l'ordre.

Le chignon n'offrit aucune difficulté, il ramena les cheveux sur le dessus du crâne, torsada et maintint le tout avec quatre épingles achetées à cet effet trois heures plus tôt. Ce fut plus difficile pour la veste. Bourrés d'air, les bras de Gina refusaient obstinément de se plier. Chaque fois qu'il y parvenait, les coudes se détendaient, produisant un clappement de joint de lavabo. Il dut grimper sur le lit, s'arc-bouter, et il arriva finalement à ses fins, emprisonnant l'impressionnant buste de caoutchouc synthétique à l'intérieur de la jaquette de laine d'Ecosse. Les lunettes posèrent un problème plus grave car Gina présentait une anomalie de taille : elle n'avait pas d'oreilles. Le nez étant lui-même peu marqué et glissant, il dut fixer les branches sur les côtés de la tête en utilisant des bandes de Scotch entrecroisées. Il batailla pendant un quart d'heure avec le ruban qui adhérait mal sur le latex, mais parvint à ses fins. Epuisé, il contempla le spectacle.

Etonnant.

Cette chose à la forme vaguement humanoïde, vêtue d'une veste trop étroite, la chevelure formant rotonde et le visage barré d'une paire de lunettes de soleil installée de guingois, le laissait perplexe.

Il avait rencontré pas mal de gens au cours de son existence, mais jamais il n'avait vu quelque chose de semblable. Si quelqu'un était capable de confondre une pareille monstruosité avec Antonia Gorbachian, ce serait soit parce qu'il serait grassement payé, soit qu'il serait atteint de troubles oculaires graves. Pourtant, tout reposait sur cette ressemblance. Tout. Ce serait une question de chronométrage et de sang-froid.

Il quitta des yeux le sourire peint, lune de carmin sur la face rosâtre, et regarda sa montre. Dans deux heures, il enfournerait Gina dans la Honda Accord AWLB gris métallisé qu'il avait louée l'avant-veille et le sort en serait jeté. Le feuilleton continuait.

Plusieurs fois dans l'année, et cela depuis le début de son mandat, elle passait le week-end à Zeer-kekerk que les journalistes avaient surnommé le Castel Gandolfo d'Antonia Gorbachian.

Elle y avait pris en 1997 cinq jours de vacances ininterrompus. En général, la plupart des chefs d'Etat possédaient des propriétés de famille et s'y rendaient, faisant semblant d'y être attachés... Antonia avait choisi cette laide et grosse bâtisse pour une raison simple : la grille fermée, personne ne pouvait s'en approcher sans être repéré à trois cents mètres. Située en pleine terre betteravière, cernée de hauts murs de brique, cette maison était facile à surveiller : il suffisait à Bedwards d'installer quatre hommes, un de chaque côté. Lors de ses séjours il pleuvait, les cieux au-dessus du plat pays stagnaient, ardoisés et tourmentés, c'étaient ceux-là mêmes que les peintres flamands avaient peints, trois siècles plus tôt, ce qui faisait dire à Antonia que la situation météorologique entre Hainaut, Brabant et Oostkamp ne s'était pas améliorée depuis. Elle n'aimait pas la villa, se promenait, glacée, à l'intérieur des pièces humides qu'aucun feu ne parvenait à réchauffer. Vêtue de deux robes de chambre et de trois paires de chaussettes superposées, elle y travaillait des journées entières devant les boiseries sombres d'un cabinet-bibliothèque respirant autant la gaieté qu'une étude de notaire balzacien. L'avantage était qu'elle n'avait besoin de personne, Indira troquait son tailleur de secrétaire contre un tablier de cuisinière. Elle ne sortait jamais, rebutée par les terres labourées qui s'étendaient à perte de vue, et que les pluies régulières transformaient en gadoue. Et si elle avait conservé Zeerkekerk, c'était que cela correspondait à l'image qu'elle avait donnée d'elle-même, marquée par ce que Vandan appelait les trois S : solitude, solidité, sobriété.

Depuis huit jours, les membres de son cabinet personnel, tous les ministres et services concernés avaient été prévenus : Antonia Gorbachian se retirait pour trois jours en son havre de Flandre. Précédée d'un des hommes de Bedwards qui portait son sac de voyage et une valise chargée de documents, elle descendit à vingt heures trente précises les escaliers de ses appartements privés pour accéder directement aux garages.

Dans la cour, elle vit le reflet des lampadaires sur les carrosseries. Indira, montée sur coussins comme à l'accoutumée, était installée au volant de la Bentley blindée. Derrière, trois hommes attendaient dans une Saab turbo à moteur gonflé. Chacune des deux voitures pouvait atteindre deux cent quatre-vingts kilomètres-heure en un temps très bref.

La nuit était sombre et le vent soufflait de l'est. Bedwards s'inclina et son manteau de cuir craqua comme un arbre mort. Le vêtement idéal pour se faire repérer, le moindre mouvement produisant l'équivalent sonore d'une mousqueterie.

— Je veux un écart de cent mètres entre nos deux voitures, j'ai horreur d'avoir vos phares qui me chauffent la nuque en permanence.

91

— Cinquante, dit Bedwards, nous roulerons en code.

Antonia, intraitable, hocha négativement la tête.

— J'ai dit cent, vous connaissez la route aussi bien que moi, et Indira a ordre de ne pas dépasser le cent kilomètres à l'heure, vous n'avez donc aucune chance de me perdre.

Bedwards esquissa un geste de protestation, et des pétillements de sarments dans l'âtre s'élevèrent de chaque centimètre carré du vêtement neuf.

Elle sortit de sa poche intérieure des lunettes de soleil et les chaussa. Elle avait pris cette habitude à chaque voyage, qu'il fût diurne ou nocturne. Cela datait du jour où, roulant dans une rue de Gand, elle avait été reconnue par un automobiliste arrivant en sens inverse. Il avait continué à la regarder, même après que les trois quarts du capot de sa voiture furent entrés directement dans la vitrine d'un magasin de souvenirs spécialisé dans les sous-verre et les imitations de faïence de Delft.

— Je me permets de faire remarquer à madame la Présidente qu'un voyage en hélicoptère eût été plus rapide et...

— Vos hélicoptères me cassent les oreilles, et j'aime rouler en voiture la nuit, alors mon cher Bedwards, vous allez me faire le plaisir de m'épargner vos suggestions, de rouler loin derrière moi, et également de retirer cette carapace bruyante, j'ai besoin d'un responsable de protection, pas d'un homme-orchestre.

Effondré, Bedwards s'inclina à nouveau, pétaradant de toutes ses coutures.

Antonia s'installa à côté d'Indira et boucla sa ceinture.

C'était parti. Elle regarda sa montre. Il restait deux heures dix-sept.

Le policier s'apprêta à déposer sac et valise dans le coffre.

— Posez les bagages sur le siège arrière. Je préfère les avoir à portée de la main.

Indira mit les phares et les cellules photoélectriques commandèrent l'ouverture automatique des portes.

Dans le silence des cylindres parfaitement huilés, les calandres fendirent le drap tendu de la nuit. Elle renversa son visage, son chignon s'écrasa contre l'appui-tête. Ne casse pas, mon cœur, résiste... Qui pourrait croire que la tête froide de l'Europe s'élançait vers le beau cavalier des légendes éternelles ?... Arrête de dire des conneries, Antonia. Tu as toujours été ainsi, il faut que tu poétises les grands moments, alors qu'ils se suffisent à eux seuls... Bon sang, quel trac ! Même la nuit de noces avec Gorbachian... mais ça n'avait rien à voir, avec lui, tout avait ressemblé à une cérémonie commémorative. Il avait ce don, quoi qu'il fît. Même lorsqu'il beurrait les tartines de son petit déjeuner, il semblait être en train d'enterrer son meilleur ami. Il avait d'ailleurs fini par s'enterrer. Et quand il faisait l'amour, il lui donnait l'impression de conduire un catafalque... elle avait eu des orgasmes garantis « grand deuil »...

Dans le rétroviseur, elle vit les deux phares lointains briller. Bedwards. Tout allait marcher comme prévu.

Le cœur de la Présidente chavira. La plus grande folie de sa vie commençait.

Un carrefour perdu dans la plaine. Comme dans *SOS Occident* où il arrachait Ludmilla des griffes du KGB et de ses sbires.

A trente mètres devant lui, de l'autre côté de la route, les dernières lumières du café s'étaient éteintes. Un chien avait aboyé dans une arrière-cour et, insidieusement, les quatre fermes de brique qui formaient le hameau s'étaient glissées dans la nuit, vieux rafiots coulant dans les habituelles profondeurs.

Il pleuvrait peut-être. La mer était lointaine, mais il y avait derrière chaque rafale un parfum de marée et d'algues lourdes, une odeur de coquillages et de sable mouillé.

Il restait deux heures à attendre. Moins maintenant. Au-dessus de sa tête et à l'infini de la route droite, les peupliers retournaient à chaque saute de vent leurs feuilles métalliques comme des crêpes dans une poêle.

Passé le mur de la dernière maison, débouchait la nationale. Le rythme des camions décroissait. C'est là qu'aurait lieu l'échange. Il devrait durer moins de quinze secondes. Indira prendrait le tournant, devenant invisible aux occupants de la Saab, et stopperait. Antonia sortirait, monterait dans la Honda et la Bentley repartirait, emportant Gina à la place de la Présidente.

Stephen alluma sa sixième cigarette d'affilée et loucha sur le siège arrière. Gina dormait sous une couverture, attendant de jouer son rôle.

Il regretta d'avoir vendu, deux ans auparavant, sa gourde de poche. Une rasade de whisky aurait été la bienvenue.

Elle devait rouler à présent...

Et s'il partait ? Rien n'avait eu lieu encore, rien qui pût remettre en cause la vie d'Antonia Gorbachian... Elle avait pris tous les risques, et lui aucun. Si un scandale éclatait, il serait présenté comme celui qui avait réussi un coup de maître, séduire la femme la plus puissante du monde ; on le regarderait comme l'on regardait ceux qui avaient été les époux, les amants de stars mondiales, cherchant sur leur visage une trace de leurs superbes amours... On l'appellerait Jupiter puisqu'il avait enlevé Europe. Il se trémoussa sur son siège... ça lui irait bien, ça, Jupiter, avec ses rhumatismes, son début d'arthrite et ses 2,9 grammes de cholestérol...

Non, il ne fallait pas partir, c'était une question de morale. Elle fonçait dans l'aventure avec une impétuosité de jeune fille, mais lui n'avait pas le droit de l'y entraîner. Le plateau de la balance ne pencherait pas en sa faveur, il ne pèserait jamais assez lourd, il n'était qu'un pantin, un vieux play-boy sans avenir.

Le rougeoiement de la cigarette lui mordit l'index et, d'une pichenette réflexe, il expédia dans l'air le mégot incandescent. L'explosion le souleva du siège, souffle coupé.

— Bon Dieu !

Il se retourna. Gina avait disparu.

A sa place, quelques traînées de latex rose parsemaient la banquette arrière.

Le pouls de Stephen s'accéléra. Il ne pouvait pas exister sur terre un arriéré mental plus profond que lui. Il se rappela la notice de la poupée gonflable : « Ne pas fumer à proximité. »

Quel con. Mais quel con !

Il était vingt heures douze et la nuit était dense.

Il avait trois quarts d'heure pour se procurer une nouvelle Gina. En rase cambrousse de pays flamand... un peu comme de trouver un magnum de Veuve-Clicquot sur les hauts plateaux mandchous.

Frénétiquement, il compulsa la carte routière. La ville la plus proche était à quarante kilomètres. Saint-Nicolas. Pas un nom de ville à posséder un sex-shop. Et s'il y en avait un, est-ce qu'il serait ouvert ? Et s'il était ouvert, est-ce qu'il retrouverait son chemin en pleines ténèbres ? C'était un pays de bocage, quadrillé par une myriade de routes identiques.

Non, mais quel con !

Et sans Gina, pas d'échange possible... les hommes qui roulaient derrière s'apercevraient bien, à un moment ou à un autre, qu'il n'y avait plus deux personnes, mais une seule. Surtout qu'ils seraient très proches de la Bentley après le tournant...

— Attention, c'est le carrefour.

Les murs de brique pivotèrent dans le pinceau des phares. Antonia serra les courroies de son sac dans sa main gauche et posa la droite sur la poignée de la portière. Elle vit les deux lumières de la Saab glisser vers le coin du rétroviseur et disparaître.

Indira, les jointures blanches sur le volant, freina sur deux mètres.

Stephen sprinta et attrapa la Présidente au vol. Shampooing à la pomme.

— Vite !

Il se baissa et coinça le manche à balai entre le fauteuil avant et le dessous de la boîte à gants, la tête de chiffon ficelée oscilla et tomba.

— La poupée ? haleta Antonia.

— Déchiquetée !

Stephen parvint à bloquer le manche. Il restait six secondes.

— Dépêchez-vous, implora Indira.

Antonia fonça vers la Honda qui attendait, tous feux éteints, de l'autre côté de la route et se catapulta à l'intérieur, balançant le sac comme une fronde sur le siège arrière. Stephen resserra fébrilement un nœud sur la fausse tête. Il s'était servi des chiffons de graissage de la voiture, d'un manche dérobé près d'un poulailler et de ses propres lacets de chaussures pour ficeler un mannequin de fortune. Quatre secondes.

Il bondit en arrière, claqua la portière et se plaqua au sol. Indira, strabisme décuplé par l'énergie, leva le pied gauche pour embrayer et shoota dans l'accélérateur. Elle démarrait en fusée spatiale comme la calandre de la Saab surgissait au tournant.

Bedwards, comme le chauffeur, fut surpris de voir l'arrière de la Bentley si proche... Indira avait ralenti. Il mit cela sur le compte d'une hésitation sur le chemin à suivre. C'est vrai que le secteur manquait de panneaux de signalisation...

Stephen attendit que les feux arrière de la voiture suiveuse aient disparu et se rua dans la Honda à l'instant où Antonia en ressortait, courant vers lui. Ils se rencontrèrent avec la violence d'une entrée en mêlée dans un match de Tournoi des cinq nations.

Les galaxies et quatre milliards d'étoiles s'envolèrent en même temps.

Ils se désenlacèrent, produisant un bruit spongieux. En plongeant dans le fossé, il n'avait pas eu le temps d'en choisir un dépourvu de vase.

Il la serra à nouveau contre lui. Les manches du pull-over présidentiel glissèrent et il sentit les bras nus autour de son cou. Il faillit lui dire qu'il l'aimait mais se rattrapa *in extremis*. Ils surent qu'ils pensaient en cette minute à la même chose : ils avaient soixante-douze heures devant eux.

L'Eternité.

VI

L'éternité.

Ce n'était pas une raison pour en perdre un quart de miette.

Le siège bascula et Stephen entreprit d'escalader le levier de vitesses, les talons coincés sous le tableau de bord, leurs doigts s'emmêlèrent sur la boucle de leurs ceintures. La respiration d'Antonia s'affola... ce n'était pas possible, c'était le torrent et la mer et la tempête et les cent mille naufrages... Elle se cramponna au buste de l'homme, mordant dans la chemise. Cela ressemblait autant à ce qu'elle avait éprouvé avec Gorbachian qu'une allumette mouillée à la réunion de tous les feux d'artifice de tous les 14 Juillet, depuis l'invention de la pyrotechnie, ou qu'une scie musicale au *New York Symphony Orchestra*. Elle heurta la portière du genou, perdit ses deux chaussures, se cogna la tête contre un accoudoir et fondit comme un cornet vanille-framboise dans un four à micro-ondes. Elle ouvrit les yeux et constata qu'elle avait dû se disloquer la colonne vertébrale sur un accoudoir, et que le menton du Baroudeur lui écrasait la clavicule. Elle chercha sa bouche du bout des doigts et effleura une amorce de sourire.

— Ravi de vous connaître, dit-il.

Elle grogna comme devaient grogner les oursons en se retournant dans le bien-être de leur sommeil, jugea que, dans le cas d'une présidente, cette sonorité animale devait être particulièrement incongrue, et décida de s'en foutre.

— D'accord avec toi, dit Stephen, j'en conclus que les vacances commencent très fort.

Elle rampa sous lui en se servant de ses coudes.

— Je n'ai jamais rien ressenti de pareil, dit-elle, pas depuis que le Burkina a réglé la totalité de sa dette à la Communauté.

Elle entendit le crissement du zip du pantalon de Stephen. A tâtons, elle récupéra du bout de l'orteil quelque chose qui devait être sa jupe, et en trois contorsions, ils se rhabillèrent. Lorsque ce fut fait, ils se tournèrent l'un vers l'autre et la température monta d'une bonne pelletée de degrés.

— On recommence, dit-il.

— Jésus Marie, chevrota-t-elle, est-ce que tu as prévu à un moment quelconque de sortir de cette voiture ?

Il mit le contact.

— Cap sur Eijerdansee, dit-il.

— Qu'est-ce qu'Eijerdansee ?

— Un caillou. Avec un lit dessus et la mer autour.

Elle se pelotonna, ramenant ses genoux sous elle.

Les peupliers accélérèrent, filant de chaque côté du pare-brise. Par la vitre entrebâîllée, elle sentit une odeur de berge humide, un canal peut-être, il y avait un reflet tout là-bas, des arbres inversés. Une eau coulait, plate, à fleur de terre.

La main de Stephen se posa sur son genou. Jamais je ne serai aussi heureuse. La nuit fonçait à présent à toute allure devant eux. Elle était tapie à l'horizon de la route droite, elle reculait sans cesse mais ils l'atteindraient et le matin s'appellerait Eijerdansee.

— Comment as-tu eu l'idée d'une île ?

— *Les Cormorans du Nederland*, dit-il.

Il se tourna vers elle.

— Tu ne te rappelles pas ? Et tu te prétends une

de mes fans ? On m'a débarqué dans une île, j'ai jeté trois grenades dans le sable en hurlant, deux fausses Jeep ont sauté sur deux fausses mines. On m'a fait une série de gros plans nostalgiques sur fond de mer, et avant que les techniciens ne remballent le matériel sur le bac, je me suis un peu baladé. J'ai pensé que si un jour j'avais la Mafia à mes trousses, quatre cancers galopants ou une femme que j'aime, je reviendrais à Eijerdansee.

Elle hocha la tête, l'odeur d'herbe mouillée envahissait l'intérieur de la voiture.

— Je suppose qu'il n'y a pas excessivement de monde ?

— Des mouettes. Quatre vaches... et la grève.

Le bout du monde. Elle en avait toujours eu envie. Tous en avaient envie mais qui arrivait à l'atteindre ? Et voilà qu'elle s'y rendait. Le bout du monde au bout de l'aurore. Quoi qu'il arrive, il y aurait eu ce voyage, cet amour, cette escapade, et si, dans une vie, c'était les escapades qui comptaient ?...

La lune dansait devant l'habitacle.

La Honda perdit de la vitesse et s'arrêta sur le bas-côté. Elle était déjà dans ses bras, c'était un baiser lent, fragile et bleuté, interminable, un velours ancien, tendre et vibrant comme un pétale de rose tardive. Peut-être en mourait-on...

— L'amour pour un humain, dit Stephen, c'est comme le super pour une voiture, sans lui il n'avance pas et j'avais envie de faire le plein.

Elle lui mordit le lobe de l'oreille.

— Je vais conduire, tu dois être mort.

Ils sortirent sur la route et il se massa les reins avec une grimace.

— Fais des flexions, ça désankylose.

Il hocha négativement la tête.

— Je risque de rester bloqué, dit-il, je suis un vieillard.

— Je m'en suis aperçue.

Les paupières d'Antonia battirent. Là-bas, vers

l'est, les prairies descendaient en pente imperceptible, les herbes frappées de lune se cassaient en
papier chocolat, plus loin commençait une plaine
noire, plus noire que la nuit.

Stephen suivit le regard de sa compagne.

— La mer, dit-il.

Pas une fois elle n'avait regardé l'heure depuis que
le bac avait traversé l'isthme. Il y avait eu des
brumes blondes et des pilotis avaient surgi, parfois
surmontés d'un goéland immobile. Il faisait froid.
Elle s'était emmitouflée dans le blouson de Stephen
et avait tenté de percer le brouillard qui masquait la
terre sur laquelle ils aborderaient... des tulles flottaient, horizontaux, que l'étrave n'arrivait pas à
déchirer. Au ras des eaux plates, les premiers pon-
tons étaient apparus, elle avait entendu le clapotis
des vagues contre les piles de bois avant de les dis-
cerner.

Une route montait entre des prairies... C'était
un pays batracien, il n'y avait pas de limites tran-
chées entre les eaux et les terres vertes, tout s'inter-
pénétrait, noyé dans des écharpes de poussière
d'eau que le soleil irisait. Ils n'avaient rencontré sur
le port de Den Helder que les carcasses rouillées
d'anciens cargos, envasées jusqu'au bastingage,
quelques hommes sombres à col roulé... Elle avait
par précaution mis la perruque blonde et les
lunettes noires, mais personne ne l'avait remarquée.
Ils étaient un couple comme tant d'autres, rien de
plus.

Ils avaient marché dans une lande surmontée d'un
soleil circulaire et lointain. Entre les roches polies,
l'eau était grise comme un vieux mur de collège. Des
sentes s'étaient succédé, une barrière, un chien
broussailleux leur avait couvert les mains de salive,
et ils avaient découvert une baraque de chaux et de

rondins, le matelas de paille et de crin sentait le blé des dernières moissons.

Antonia retint la cafetière de fer étamé pour qu'elle ne tintât point contre les pierres du foyer et souffla dans ses doigts engourdis.

Il en était ainsi chaque matin. Le soir, le froid des étoiles descendait et se cramponnait aux mousses, aux rochers et aux lichens d'Eijerdansee. Il tirait à lui les brumes comme une vieille couverture gelée, rendant invisibles les chapelets d'îles chevauchant l'horizon du Waddenzee, de Texel à Bakum... Plus tard, le coton s'effilocherait et regagnerait le blanc pays des glaces d'où il était venu, profitant des heures obscures... C'était la légende que le patron du café leur avait racontée la veille en leur versant un rhum cuivré qui sentait le camphre et la vieille futaille... Les dieux du Nord craignaient la lumière et fuyaient aux heures de soleil, emportant avec eux les traînes blanches de leurs épouses. Ce pays était terre d'invasion, la terre luttait contre l'eau, le froid contre la lumière, le jour contre la nuit, les hommes contre la mer...

Ils étaient restés longtemps dans la salle aux poutres goudronnées. Ils avaient acheté des vivres, de la viande et un vin noir qui leur râpait la langue comme du papier de verre. Le vent s'était levé dans le milieu de l'après-midi et des mouettes tourbillonnaient au-dessus de la digue. Elles frôlaient les récifs, montaient, flèches droites vers le ciel, et piquaient en frondes dans les eaux d'étain. Les ruelles du port étaient vides.

Le café était aussi l'unique épicerie-quincaillerie, et Stephen lui avait acheté un pull-over pesant comme un couvercle, informe et trop long, mais qui lui avait procuré un bonheur immédiat de chaleur rugueuse. Ils avaient repiqué au rhum et fumé des cigarettes en décollant les filtres. Dans la glace-réclame piquetée de rouille qui lui faisait face, elle se trouva ébouriffée, les joues rouges, et parfaitement ravissante. S'enfilant une rasade de vieux bourlingueur, elle articula alors avec la force que procure la surprise :

— Je suis magnifique !

Stephen avait tiré une bouffée large et souri dans la fumée.

— Tu devrais arrêter l'alcool, dit-il.

Il avait dans la lumière rasante qui baignait la salle sombre un teint de boucanier et les yeux délavés d'un vieux marin.

— Ne plaisante pas, dit-elle, c'est la première fois que cela m'arrive de me trouver mieux que potable.

— C'est parce que personne ne t'aimait, rien de sorcier là-dedans, on trouve ça dans 75 % des scénarios télé : « Elle se croyait laide et l'amour a révélé sa beauté jusqu'alors cachée. »

Elle avait parlé de Gorbachian avec l'apaisement qui vient à certains moments aux choses amères et un peu ridicules...

Elle avait été l'élève du vieux maître, le conseiller en économie, spécialiste des rapports Est-Ouest. Il l'avait aidée pour sa carrière, elle pouvait bien s'avouer aujourd'hui que c'était pour cela qu'elle l'avait épousé, elle était une arriviste et, grâce à lui, des portes s'étaient ouvertes, elle avait connu quelques grands de ce monde venus quémander un conseil, un avis. Et puis, il y avait eu cette affaire de coronaires... ils avaient aussi peu envie de faire l'amour l'un que l'autre, pourquoi ne se l'étaient-ils pas dit ? Sans doute chacun par peur de vexer... Ils évitaient pourtant les grands ébats, organisaient leur accouplement comme on prépare un congrès, sans heurt et sans houle, protocolairement, conférant à l'habituel tumulte des sens le calme des conférences internationales... et, malgré cette patience, cet incessant combat maîtrisant les tempêtes, le bateau prenait l'eau, le vieux cœur craquait comme un mât d'artimon, et elle se retrouvait, nue comme la main pendue au téléphone, appelant le Samu en urgence...

— Une régularité de métronome, ça commençait poliment, par un baiser dans le cou, et ça finissait en goutte-à-goutte au service de cardiologie...

Stephen eut un sourire apitoyé.

— Je le comprends, dit-il, inconsciemment il devait chercher à mourir en plein orgasme.

Elle avala une lampée de vieux rhum et étendit les jambes sous la table.

— Je ne suis pas sûre qu'il savait ce que ça voulait dire... sa conversation roulait en permanence sur le produit national brut et les indices permettant de calculer le coefficient d'immobilisation des moyens techniques de production dans le cadre d'une économie mixte à prédominance rurale.

Ils avaient discuté jusqu'aux rayons ultimes du soleil et étaient remontés par les grèves. Dans le tournoiement incessant des oiseaux, ils avaient gravi les dunes pâles et la mer avait surgi de toutes parts, encerclant les terres que le poids du couchant semblait enfoncer sous les eaux, engloutissant leur royaume d'herbes et de sable.

... Ne pas penser surtout, et surtout pas à l'avenir. Il restait tout un long jour et deux nuits, jamais ils n'en verraient la fin...

Elle emplit les deux bols de faïence d'un café épais, se brûla le pouce contre la cafetière de métal et entreprit de beurrer les tartines d'un pain sphérique à l'exacte consistance d'une boule de bowling. Elle parvint à tailler deux morceaux tandis que les images de la veille affluaient. Ils avaient bu encore et mangé du poisson salé à même la poêle ; d'une voix de stentor, il avait hurlé des ballades qu'il assurait être irlandaises et qui parlaient de Rosalinde qui va dans l'boué et v'là-t'y pas qu'elle cueille des noués et v'là l'charron qui passe par loué et qu'il essaie de l'embrassoué... il avait conclu par un pas de gigue endiablé qui l'avait laissé pantelant. Elle s'était rappelé, Dieu seul sait pourquoi, des paroles d'une berceuse que maman Zaraford devait lui avoir apprise car, sans effort, elle en avait interprété trois couplets et le refrain. Etonnée, elle s'était tournée vers lui.

— Cela doit faire une bonne vingtaine d'années que je n'avais plus chanté.

— Même pas sous la douche ?

— Je ne sais qu'y siffler.

Il l'avait basculée sur le lit.

— Je vais te posséder, avait-il proclamé, je suis ton maître absolu, ton corps m'appartient et je vais en disposer avec la dernière lubricité.

— Il était temps, dit-elle, je suis venue pour ça.

La nuit s'était élancée au galop de tous ses chevaux, son cœur avait rythmé les cavalcades, ils en étaient tombés du lit et, vers trois heures du matin, s'étaient remis au rouge ferreux et avaient achevé le restant d'omelette froide.

C'est à cet instant qu'elle avait pensé pour la première fois qu'elle ne reviendrait plus jamais... c'était possible... Qu'est-ce qu'elle allait retrouver ? Ses sages corsages grisailleux, ses jupes strictes et toutes ces faces de carême qui lui servaient du « madame la Présidente » à longueur de couloirs ?... Fini le bureau-nécropole, terminés les dîners de gala, les conférences, les interviews, tout cet emmerdement glacé... De l'autre côté de la balance, il y avait cette cabane au ras des herbes, elle sentait le sable, la saumure et le vent polaire, au centre de la cabane se tenait un lit carré, solide, profond, une citadelle pour galipettes et grandes fêtes, et au milieu, son Baroudeur. Qui hésiterait ?...

C'était une règle d'or qu'elle aurait dû suivre : en toute occasion, choisir la vie ; et elle était là, la vie, à Eijerdansee, nue, costaude et parfumée... Elle avait descendu un nouveau verre à moutarde du vin pourpre qui lui survola les neurones. Stephen pêcherait, elle achèterait une vache, puis deux, ils auraient du lait, de la viande, un bébé viendrait. Tiens, c'est vrai ça, elle n'avait jamais eu le temps d'y penser, mais c'était pas mal un bébé, parfois rigolo, avec des risettes, des plis partout, elle le baignerait nu, en plein hiver, en perçant la croûte de glace, ça l'endurcirait, il mangerait du poisson cru et deviendrait le maître du monde...

— Steph, on va rester. On va rester ici toute notre vie.

Stephen lui ouvrit les doigts qu'elle tenait serrés autour du verre et calcula qu'ils avaient dû dormir deux heures en deux jours, fait l'amour trois mille fois, bu du tord-boyaux, du vin qui devait pouvoir décaper la rouille des navires, marché vingt-cinq kilomètres le long de la côte, saouls de vent et d'espace, et qu'il était temps que madame la Présidente se repose.

— D'accord, dit-il, rien de plus simple.

Elle s'enfonça dans les oreillers et souleva des paupières d'une demi-tonne chacune.

— Je l'ai décidé. Tu iras à la pêche et je m'occuperai des vaches.

— Pas de problème... tu répareras également les filets.

— Et un enfant aussi, un gros avec des joues rouges.

— Très bien, c'est comme s'il était là. « Tommy, cesse de jouer avec le harpon à baleines ! »

— Et blond comme toi.

Il remonta la couverture jusqu'à son menton.

— Je ne suis pas blond.

Elle eut un sursaut et le fixa sévèrement.

— Le Baroudeur de l'Amérique est blond.

— Teinture, soupira-t-il, permanente et brushing. Avant d'être blanc, j'étais châtain, nuance pisseuse.

— Blond, souffla-t-elle.

Elle baragouina un emmêlement de syllabes et s'endormit comme on loupe une marche. Stephen régla la molette de la lampe à pétrole, et les ombres s'effacèrent sur le visage d'Antonia. Il lui déposa un baiser pichenette sur la lèvre inférieure.

— Ivrogne, murmura-t-il.

Et elle s'était réveillée la première. Elle avait toujours été comme ça, la fatigue ne comptait pas, cela datait des années étudiantes. Après une nuit à plancher sous la lampe, elle récupérait une heure ou deux et repartait, fraîche comme un gardon. Avec ce système, elle abattait en un an le travail que les autres accomplissaient en trois.

Stephen ouvrit un œil et s'extirpa d'un nœud de drap et de couverture.

Sous la porte basse, la silhouette d'Antonia Gorbachian s'encadrait, noire dans l'or du matin.

— Café ? dit-elle.

— Les Européens ont une foutue manie, dit Stephen, chaque fois qu'ils se trouvent au bord de la mer, ils veulent se tremper dedans. Vous êtes les derniers amphibies.

Antonia frissonna dans son pull-over et retira son jean dont la toile accrochait aux talons. Le sable crissa sous ses fesses.

— J'y arriverai, dit-elle, cela fait cinq ans que je prends des douches froides pour activer la circulation, il n'y a pas de raison que je ne rentre pas là-dedans.

Le soleil avait du mal à grimper, et tout, depuis l'aurore, baignait dans un air affûté et métallique comme la lame d'un poignard.

— Accompagne-moi, dit-elle, sinon ton image de marque va en prendre un coup.

Intraitable, il branla du chef.

— Pas question, dit-il, il faut que l'un de nous reste pour ranimer l'autre.

— Tu es un froussard, Stephen Laplanch, il y a vingt ans...

— On aurait envoyé une doublure se noyer à ma place... Vas-y, je t'attends.

Elle serra les dents et fit passer le pull par-dessus sa tête.

— Splendide, dit Stephen, et voici Miss Polder 1999 !

Elle haussa les épaules, gonfla ses poumons et courut vers la ligne rectiligne des eaux... la seule baigneuse de ces régions oubliées depuis les origines du monde.

A l'horizon, dans le scintillement de la lumière, elle distingua la minuscule verticale du phare annonçant la passe. Après les lichens violacés et les eaux transparentes, commençaient Vlieland, Richel, pays des mouettes et des barques échouées... Par temps clair, avec des jumelles, on pouvait voir des nuées d'oiseaux grouiller sur les falaises... Vas-y, ma petite, montre-lui à grand-père-la-tremblote ce que c'est qu'une vraie femme. Avec détermination, elle trempa le pied gauche jusqu'à la cheville.

Instantanément toutes les mâchoires des loups de la mer mordirent dans la chair déjà violette.

Elle revint en sautant sur une jambe. Impassible, Stephen lui entortilla le pied dans une serviette et lui tendit la bouteille de rhum qu'ils avaient achetée en passant.

— Extraordinaire, dit-il, quand tu as plongé pour la douzième fois et que tu es restée plus de trois minutes en apnée, j'ai vraiment eu peur.

Elle renfila son pull-over en claquant des dents.

— Qui a fait fondre les glaçons ? gémit-elle. Je ne peux plus remuer les orteils.

— Les dieux du Nord sont impitoyables lorsque l'on tente de s'introduire dans leurs territoires.

Dernier jour.

N'y pas penser. Il restait encore ce bout de matin, un long après-midi, la soirée, la nuit entière... ils partiraient à l'aube par le premier bac... ils rouleraient jusqu'à un kilomètre de Zeerkekerk. Elle prendrait à travers bois et se dirigerait, mains dans les poches, jusqu'à la grille. Bedwards en tomberait par terre. Elle imaginait déjà le dialogue.

— Je m'étonne que vous me voyez entrer, mon pauvre Bedwards, puisque vous ne m'avez pas vue sortir...

Il resterait bouche ouverte et elle lui expliquerait qu'elle avait eu envie de faire un tour dans la campagne et, du même coup, de tester l'efficacité de la surveillance. Elle n'avait pas été déçue.

— Mais... mais... comment avez-vous fait pour..., tous mes hommes, vingt-quatre heures sur vingt-quatre...

— Cherchez, mon pauvre Bedwards, cherchez, ça vous occupera un moment...

Elle renfila son jean, les chaussettes de laine écrue, les tennis.

Il ramassa le sac du déjeuner et le balança sur son épaule. Le but pour ce pique-nique était, dans l'uniformité horizontale des terres et des îles, une barre rocheuse constamment frangée d'écume : elle semblait délimiter une crique.

— Cette mer est sans bateaux, remarqua Antonia.

Par endroits, le sable plus sec était piqué d'herbes longues que la brise incurvait... des cils sur une longue paupière frangeaient une prunelle marine... Si cette planète avait un visage, Eijerdansee en était l'œil, un œil de laiteuse porcelaine comme celui de certains aveugles.

Le bras de Stephen s'affermit autour des épaules de la Présidente.

— J'ai appris par cœur, une bonne partie de ma vie, les dialogues les plus idiots qui aient jamais été écrits. « Oh ! Ludmilla ma fiancée, quand nous reverrons-nous ? » « Je sais que je vous demande beaucoup, les gars, mais après tout on ne risque jamais plus que sa peau. » « C'est fini pour la course à pied, mon lieutenant, il vous reste le piano. » Mais il est arrivé que des scénaristes hollywoodiens aient parfois glissé un truc piqué quelque part ou qu'ils n'avaient pas pu fourrer dans un de leurs romans, et un jour je suis tombé sur une réplique que je n'ai pas oubliée... j'avais une scène de civière, j'aimais ça parce que je jouais couché... La maquilleuse m'avait collé un pansement d'un demi-kilo autour de l'épaule. Malgré la blessure, je rampais vers un GI moribond et je lui disais : « Pat, il y a la vie qu'on rêve et la vie qu'on vit, c'est la première qu'est la vraie. »

La langue d'écume avait grandi. On discernait à présent les barbes brillantes de varech qui couvraient les roches. Le sable s'arrêtait net et, derrière, commençaient les galets.

— C'est le problème, poursuivit Stephen. Ou on continue la vraie vie ou on reprend la fausse, mais on ne pourra pas mélanger les deux.

Il avait raison, tout s'était bien passé, la folie leur avait réussi pour cette fois, mais il n'était pas sûr qu'il en soit ainsi à la suivante. Et quand y aurait-il une suivante ? Quand trouverait-elle l'occasion d'une nouvelle fuite ? La maîtresse de l'Europe était incapable d'avoir un amant, ni avoué ni caché.

— A supposer que tu me le demandes, dit Stephen, je ne peux pas t'épouser, avec mon pedigree de saltimbanque et de gigolo, je suppose que cela te ferait perdre quelques voix. Il faut que je précise, pour que le tableau soit complet, que j'ai fait quinze jours de prison pour grivèlerie à Wiesbaden et qu'ayant flambé pas mal durant quelques années, la plupart des cercles de jeu me sont interdits...

— Eh bien, tout est simple, murmura Antonia. J'ai toujours pensé que les solutions n'existaient pas et qu'il fallait les inventer, mais en ce qui nous concerne, je manque sacrément d'imagination.

— Il en est une et une seule, et elle ne dépend que de toi : tu quittes tout pour vivre avec moi, je n'ai ni fortune ni métier. J'ai quelques relations qui me restent dans le monde de la production audiovisuelle, je peux dégoter un boulot dans ce domaine.

Ils redescendirent vers les vagues pour marcher sur un sable plus ferme, celui que la marée avait durci pendant la nuit.

C'était vrai. Il n'y avait que ça. Tout quitter.

Elle ferma les yeux. Des fenêtres ouvraient sur une campagne, un enfant dans le jardin, elle achevait le premier chapitre de ses Mémoires... Stephen avait mis la voiture au garage et agitait le bras vers elle... l'odeur des lilas et des premières roses... les collines étaient bleues de soleil... un bonheur, simple et immense. Une tarte cuisant dans le four, mirabelles et pâte sablée...

Jamais ! !

Elle pila net.

Non, non, non et non.

Elle avait trop travaillé, trop sacrifié, trop intrigué. Elle était devenue ce qu'elle était à la force du poignet et elle ne lâcherait pas. Dans six mois, la campagne présidentielle commençait et elle la regagnerait, comme la première fois, parce que là était sa vie, sa force. Elle contribuait à la paix qui régnait dans le monde, elle avait la puissance et l'honneur, le vrai, celui que l'on s'octroie à soi-même. Elle avait soulevé des enthousiasmes, gagné des cœurs.

— Je t'aime tant, Stephen, comme jamais, mais tu as contre toi un continent, et tu n'es pas assez fort.

Comme dans *Retour à Da Nang*, il souleva le menton de l'héroïne.

— Je serai là, toujours, dit-il, loin, près, absent, présent, comme tu le voudras...

Il mordit dans un filtre, l'arracha et lui tendit la cigarette.

— On a du temps, dit-il, on ne va pas se bousiller l'existence avec des histoires d'avenir... j'ai eu tort de t'en parler. On va manger, boire, fumer et tringler comme des bêtes, il n'y a jamais eu un chat sur cette rive, on sera plus tranquilles qu'Adam et Eve.

Ils arrivèrent une heure plus tard dans une calanque ardoise et jaune bouton-d'or. A l'ouest, des barcasses éventrées s'enchevêtraient, on distinguait les côtes et les colonnes vertébrales de squelettes de bateaux entremêlés.

Il disposa sur une roche plate le vin, le poisson séché, un fromage poisseux, et l'entraîna vers la paroi nord. Le varech craqua en explosions minuscules sous les reins d'Antonia.

— Ça ne m'est jamais arrivé en plein air, murmura-t-elle.

— Il était temps que je m'en mêle, dit Stephen.

Malgré les vents tombés et le calme étale, les vagues roulaient les galets et leur fracas emplissait le cirque des rochers. Quand elle se cambra, elle vit les ventres blancs des mouettes planantes épinglées dans l'azur, ailes déployées, crucifix vides et piaillants. Elle étreignit le buste de l'homme qui la pressait contre le sol.

— Je te demanderai peut-être de partir, peut-être de rester, je n'ai pas encore eu la force de choisir, je ne sais pas encore.

Il se souleva, frotta son nez contre le sien. Leurs cheveux étaient pleins d'algues sèches.

— Déjeuner, dit-il, nourriture simple, saine, sans apprêt mais reconstituante.

Les heures qui suivirent furent de ouate et de miel... ils attrapèrent au canif des coquillages plats et caoutchouteux qui sentaient l'iode et le sel, et en mangèrent une impressionnante quantité. Le vin aidant, Antonia envisagea de s'installer dans une caverne de la crique et de se nourrir uniquement de ses animaux, quelques poissons, crustacés et mollusques pour varier l'ordinaire...

Ce fut elle qui tint à refaire l'amour avant de partir.

Le soleil qui avait tourné découpa leurs ombres allongées jusqu'au bord des vagues. Dans vingt-quatre heures exactement, elle aurait regagné Zeerkekerk. Dans quarante-huit, elle serait à

Bruxelles. Il serait temps alors de réfléchir, pour l'instant le tout était de ne rien gâcher, et elle ne gâcherait plus rien. Plus une seconde.

Les bras de Stephen la soulevèrent. Il lui avait expliqué la veille qu'il y arrivait encore mais qu'il fallait quand même en profiter car il était à la merci d'un tour de reins...

— Punchy, murmura-t-il.

Elle comprit alors qu'elle ne le quitterait jamais et s'administra moralement le plus grand coup de pied aux fesses qui se puisse donner. Pour la première fois de sa vie, elle s'était fourrée dans l'inextricable, elle n'arriverait pas à vivre sans lui ni avec lui, et cela portait un nom. Cela s'appelait un sac de nœuds...

Au large, le dernier bac disparaissait vers la terre hollandaise. Lorsqu'il eut franchi les premières brumes du détroit de Den Helder, ils eurent l'impression, en remontant vers leur cabane, qu'ils marchaient à l'intérieur d'un vieux film en noir et blanc.

C'est le son qui avertit Stephen.

Les oiseaux s'étaient tus et il y avait eu un tintement en haut de la sente.

Cela venait de leur cabane. Un bruit de casserole, un objet de fer heurtait les pierres... Il s'arrêta. Antonia, surprise, regarda son compagnon.

— Quelqu'un se fait du café, dit-il.

Elle se figea.

Un journaliste.

C'était possible. Il y avait des spécialistes. Cela faisait des décennies que les amours des grands de ce monde n'étaient plus clandestines. Des types étaient capables de tenir quinze jours accrochés à une branche pour un cliché.

— Un chien ?

Elle venait de se souvenir de ce gros tas de poils

frisés qui lui avait souhaité la bienvenue lors de son arrivée, et qu'ils n'avaient plus revu.

Stephen hocha la tête.

— Quelque chose me dit que non, dit-il, je vais monter seul... Tu restes là, je reviendrai te chercher, si ce sont des paparazzi...

— Je sais comment les prendre, coupa Antonia, il ne faut surtout pas que...

Une toux étouffée, rapide.

Les yeux de la Présidente s'agrandirent :

— Je connais cette toux... je suis à peu près certaine de la connaître.

Avant qu'il ait eu le temps d'intervenir, elle démarra en direction du refuge.

Il se mit à courir à son tour. Elle sprintait devant lui, projetant des geysers de sable. Hors d'haleine, il accéléra encore et, dans la coulée de terrain, les murs de pierre sèche apparurent.

Sur le seuil, recroquevillée dans un manteau de fausse fourrure de nuance mandarine, se tenait Indira, minuscule et loucheuse.

Antonia fondit sur elle et s'agenouilla devant sa secrétaire.

— Indira... qu'est-ce qui se passe ?

De l'œil droit, la fausse Indienne lui jeta un regard presque distrait. Etat second. Dans quelques minutes, elle s'effondrerait.

— Indira ! mais répondez-moi ! qu'est-ce que vous faites ici ? !

La secrétaire sembla reprendre un instant ses esprits et fouilla dans son sac. Avec lenteur, elle en extirpa un journal qu'elle tendit à Antonia.

C'était le numéro de *L'Européen* de l'avant-veille. Lorsqu'elle le déplia, la Présidente constata trois choses : sa photographie occupait la totalité de la première page, ladite photo était encadrée de noir, et enfin elle était surmontée d'un titre sans ambiguïté : MORT D'ANTONIA GORBACHIAN.

VII

Stephen replia le journal avec soin et tendit la main vers Indira.

— Acceptez mes condoléances. Je sais qu'elle n'avait pas que de bons côtés, loin de là, mais c'est une perte pour vous et pour le restant de l'humanité.

Antonia balaya l'espace d'un geste de noyée.

— Rhum, dit-elle.

— Même chose, murmura Indira.

Il se leva et alla verser deux rasades qui remplirent les verres à moutarde. Antonia s'était assise par terre sur le seuil et avala une gorgée d'incendie sans sourciller.

— Expliquez-moi, dit-elle posément, je suis morte comment ?

Indira but. Ses oreilles furent les premières à s'agiter. Les narines suivirent, la paupière droite se mit à battre synchroniquement comme un clignotant de voiture.

Elle va se mettre à klaxonner, pensa Stephen.

Indira se leva, s'assit, se releva, se rassit et regarda avec sévérité ce qu'elle venait de boire.

— Qu'est-ce que c'est ? demanda-t-elle sans desserrer les mâchoires.

Il eut l'impression qu'un halo de fumée s'était formé autour d'elle.

— Rhum, dit-il.

Les yeux de la secrétaire devinrent parallèles pour la première fois.

— Je n'en avais jamais bu, voyez-vous.

Elle n'avait pas donné l'impression de forcer sa voix, mais on avait dû l'entendre entre Groningue et Amsterdam.

Antonia bondit sur elle, enfouit ses mains dans les poils de nylon coloré et secoua dans tous les sens. C'était une scène présente dans tous les films policiers... En général, le type victime de ce genre d'interrogatoire craquait nerveusement et donnait toute la bande, noms, prénoms, adresses et numéros de Sécu.

— Qu'est-ce que c'est que cette histoire ! Je suis morte comment ? Vous allez parler à la fin !

Stephen s'interposa et délivra la fausse Indienne.

— Allez-y, dit-il, vous avez démarré très fort mais on a envie de savoir la suite. Racontez tout depuis le début.

— Le gaz, dit-elle.

Antonia posa son verre sur le muret.

— Quoi, le gaz ?

— Zeerkekerk.

— Quoi, Zeerkekerk ?

Indira replia les bras sur sa poitrine, remonta les genoux, ferma les poings, les yeux, la bouche, et se transforma en un ballon de plage.

— Pourquoi fait-elle cela ? demanda Antonia d'un ton de reproche.

— BAANNNGG ! ! !

La Présidente défunte et l'ex-Baroudeur sautèrent ensemble. La secrétaire avait détendu bras et jambes et ressemblait à présent à Berlin après bombardements.

— Pourquoi avez-vous fait cela, Indira ?

— Une explosion, dit-elle, à Zeerkekerk, énorme, comme une boule de feu, voyez-vous.

Stephen hocha la tête.

— Une explosion de gaz ?

116

Indira hocha la tête à son tour.

— Oui, de gaz.

Ils hochèrent alors la tête tous les trois. Antonia s'arrêta la première.

— Mais s'il y a eu explosion, fit-elle avec suspicion, comment se fait-il que vous, vous n'ayez pas explosé ?

Indira devint jaune, verte, bleuâtre et s'arrêta au rouge.

— J'étais au cinéma, dit-elle, j'ai prétendu que vous m'aviez donné mon après-midi, voyez-vous...

— Cigarette, coupa Antonia.

Stephen craqua l'allumette.

Antonia gonfla la poitrine et, en une bouffée, faillit réussir à fumer la Stuyvesant en entier.

— Et alors ?

— C'était un festival Tom et Jerry : *Tom et Jerry et les pirates*, *Tom et Jerry en vacances*, *Tom et Jerry et les*...

— Reprenez un peu de rhum, coupa Stephen.

— Recommencez depuis le début, dit Antonia, en laissant tomber Tom et Jerry. Vous êtes sortie et vous êtes tombée sur Bedwards, vous lui avez dit que vous aviez quelques heures de libres, vous avez pris votre voiture, vous êtes allée au cinéma et vous êtes revenue à Zeerkekerk, et là...

— Non, dit Indira, je ne suis pas revenue à Zeerkekerk parce qu'il n'y avait plus de Zeerkekerk, voyez-vous.

La nuit tombait dans les lumières des gyrophares, il avait commencé à pleuvoir et, à travers les gouttes, Indira avait vu un policier enfiler sa pèlerine luisante sur le bord de la route. Elle avait stoppé, cru à un contrôle, sorti ses papiers... C'est alors qu'elle avait aperçu les voitures, à perte de vue devant elle, et, en ouvrant la portière, l'éclair lumineux l'avait aveuglée... au-dessus d'elle, le pinceau aveuglant d'un hélicoptère découpait l'asphalte, des hommes en ciré jaune dressaient des barrières.

— Qu'est-ce qui se passe ?

De grosses gouttes s'écrasèrent sur la visière de la casquette du policier.

— Un accident... une maison soufflée.

Indira sentit ses cheveux bouger seuls sur sa tête.

— Zeerkekerk ?

Le nez du flic s'étoila d'une perle d'eau.

— Exact. Comment le savez-vous ?

Les genoux de la secrétaire commencèrent à trembler avec une telle violence qu'elle faillit perdre ses chaussures.

— J'y habite, voyez-vous...

L'agent poussa un juron, ouvrit complètement la portière, et elle se mit à courir sous l'averse, au milieu des uniformes, des lumières des phares et des grondements de moteurs. Aveuglée, elle sentit confusément que quelqu'un l'abritait sous un imperméable, qu'il y avait des flashes de photographes... La foule s'écarta, et elle se trouva devant de larges bandes de papier blanc et rouge qui délimitaient un périmètre illuminé. Au centre, il y avait un cratère, il en sortait un tuyau, quelques fils rompus, quatre marches d'escalier noircies et, en équilibre sur un monticule, une tablette en marqueterie supportant un angelot qui tirait la barbiche d'une chevrette, un biscuit de saxe, infiniment délicat dans le goût du XVIIIe anglais.

Indira contempla le spectacle et, avec une fermeté qui comportait un reproche, elle demanda à son voisin :

— Où est le reste ?

L'homme dessina dans les airs une série de volutes et désigna les étoiles. Elle regardait, hébétée, les ruines que la pluie, à présent violente, semblait vouloir dissoudre lorsqu'une main se posa sur son bras. Elle se tourna et vit le Yeti. La créature enduite de boue humide était humaine malgré son apparence, car elle parla.

— Où aviez-vous placé la bombe ? gronda-t-elle.

Indira eut un sursaut d'indignation.

— Vous devriez aller prendre un bain, Bedwards, au lieu de proférer des insanités, voyez-vous...

Au milieu du cratère et des rares débris, quatre hommes, lampe-torche à la main, semblaient ratisser le sol.

— Qu'est-ce qu'ils font ?

Le policier qui l'avait accompagnée toussota, gêné.

— Ils cherchent le corps, dit-il, enfin... les débris...

Indira, sonnée, entendit distinctement la sonnerie d'alarme. Elle avait échappé à la mort, mais quelque chose lui disait qu'un Himalaya d'ennuis allait s'abattre sur elle. En y réfléchissant bien, « ennui » était un mot ridiculement faible par rapport à ce qui allait lui arriver. Même « catastrophe » lui sembla étonnamment anodin.

Elle n'eut pas le temps de s'étendre sur d'autres considérations linguistiques, un geyser de boue lui gifla les mollets, elle vit des pneus freiner à quelques centimètres d'elle, des caméras apparaître et la braquer... une ruée de policiers la protégea, un brouhaha, des cris... Bedwards s'étala, fut piétiné, et un costaud qui n'avait pas assez d'épaulettes pour contenir la rangée de galons l'emporta sous son bras comme un sac de farine... Quelques secondes plus tard, elle était dans une tente de fortune sur laquelle les gouttes rebondissaient. Tous les visages luisaient de sueur et de pluie mêlées, elle n'arrivait pas à comprendre ce qui se disait dans le tambourinement incessant.

Stephen entra dans la cabane et en ressortit avec une couverture qu'il mit autour des épaules d'Indira. Le crépuscule s'installait.

— Après, demanda Antonia, que s'est-il passé ?

— Ils m'ont interrogée, six heures. Certains croyaient à un attentat mais les rapports des experts ont été formels : la conduite était défectueuse, et la cave s'est remplie comme une poche de gaz, voyez-vous... Il a commencé à filtrer sous la porte... j'avais laissé une marmite de chakiritori cuire à feu doux.

Antonia retint un frémissement. Indira l'avait invitée chez elle l'année précédente et lui avait préparé un chakiritori, plat traditionnel du haut Rajasthan, elle en avait craché du feu pendant huit jours. Elle se demanda si ce n'était pas le chakiritori seul qui avait fait exploser la villa.

— Quand ils ont été convaincus que ce n'était pas moi qui avais placé une bombe sous la maison, ils m'ont posé des questions sur vous parce que, évidemment, quelque chose les chiffonnait énormément : ils ne trouvaient pas de fragments de corps, voyez-vous.

— Je m'en doute, dit Antonia.

— Ou plus exactement, poursuivit Indira, ils n'en trouvaient pas jusqu'à ce que Bedwards s'en mêle.

La Présidente repiqua au rhum et écrasa son mégot.

— Bedwards a trouvé des fragments de mon corps ?

— Ce flic est un génie, murmura Stephen.

— Oui, à deux cents mètres environ, un morceau calciné, voyez-vous.

— Un passant, soupira Antonia, un malheureux qui...

— C'est ce que j'ai cru un moment, jusqu'à ce que je me rappelle que le chakiritori est à base d'épaule de mouton.

— Et vous croyez que ?

— La marmite a dû partir en fusée, c'est la seule explication. Ils ont mis un bout d'os dans un sac et ont pensé que c'était vous.

— On est vraiment peu de chose...

— D'ailleurs, ils vous enterrent demain.

Cette fois, Antonia Gorbachian s'effondra.

— Ressuscite, commanda Stephen, ce n'est pas le moment de flancher.

Elle sauta sur ses pieds et bondit vers Indira qui glapit de frayeur.

— Mais enfin, pourquoi tu n'as pas parlé ? Pourquoi n'as-tu pas dit que tu étais seule à Zeerkekerk ?

— C'est gentil de me tutoyer pour la première fois, mais rappelez-vous que vous m'aviez fait jurer de ne pas vendre la mèche, à aucun prix, sous aucun prétexte, et puis qu'est-ce que j'aurais dit ? Elle est partie dans une île pour trois jours, pour jouer aux dominos ?...

— Exact, dit Stephen, ne sois pas injuste, tu ne peux pas reprocher à Indira de t'être fidèle.

— ... et puis, ça n'aurait servi à rien, personne ne m'aurait crue. Bedwards a assuré qu'il vous avait vue entrer et que vous n'étiez pas ressortie, voyez-vous.

— Plus qu'un génie, un dieu de la déduction.

— D'ailleurs, il l'a échappé belle : lorsque l'explosion a eu lieu, il rôdait autour des murs à moins de trente mètres, la déflagration l'a projeté dans un arbre.

— Quand il n'en descend pas, il y remonte, constata rêveusement Antonia.

— Non, dit Stephen, la dernière fois, c'était du toit.

Avec élan, Antonia prit sa secrétaire de poche dans ses bras et l'étreignit avec l'enthousiasme du désespoir.

— Excuse-moi, Indi, tu as été formidable. Je savais qu'on pouvait compter sur toi.

Stephen se leva. A l'orient, une bande verte s'étirait au ras des vagues, le ciel allait perdre ses opalines. Il se tourna vers les deux femmes enlacées.

Ce fut à cet instant qu'Antonia s'évanouit. Elle venait de prendre conscience que, si elle n'avait pas fait cette folie de partir trois jours dans l'île, elle aurait été transformée en ces morceaux de mouton qui donnent tant de saveur à la sauce du chakiritori.

Montmartre. Angle des rues Lamarck et Cau-
laincourt.

— C'est lui ?

— Oui, c'est lui.

C'était une montagne de muscles, une crinière
jaune paille et des biceps à faire craquer les complets vestons. Il n'avait pas de cou, les muscles des
épaules rejoignaient directement la base des
oreilles. Ajoutez à cela le maillot léopard, le pantalon safari, le poignet de force et les bagues tête-de-
mort : ça tenait de la caricature. Il tapait le carton dans le fond de la salle avec un avorton à
scoliose atteint de la calvitie frontale.

Stefen le voyait parler mais l'épaisseur de la vitre
l'empêchait d'entendre. Il se tourna vers les deux
filles tapies sur le siège arrière :

— Vous ne bougez pas, je vais le chercher et je le
ramène. Ce type est non seulement le meilleur cascadeur que j'aie jamais vu mais c'est un homme de
confiance. S'il accepte, il jouera le jeu jusqu'au bout
et nous n'aurons aucun ennui. De plus, il me doit un
renvoi d'ascenseur.

— OK, dit Antonia, au point où on est, nous
n'avons pas à faire les difficiles.

Elle assujettit sa perruque, regarda Stephen sortir
de la voiture, traverser la chaussée et pénétrer dans
le bistrot.

— Tu sais ce qui me rend le plus de mauvaise
humeur ?

Indira réfléchit.

— Vous êtes pratiquement toujours de mauvaise
humeur, voyez-vous, dit-elle.

— C'est faux, dit Antonia, j'ai des moments
d'énervement passager, c'est tout.

La secrétaire hocha la tête.

— M. Stephen vous fait beaucoup de bien,
reconnut-elle : malgré les circonstances, je vous ai

rarement vue aussi décontractée depuis quatre ans...

— Tu ne m'as pas répondu. Tu sais ce qui me rend de mauvaise humeur ?

— Aucune idée.

La Présidente eut un regard noir vers la rue en pente. Des cars de touristes montaient et descendaient la colline de Montmartre.

— C'est que j'ai l'impression que je pourrais me balader sans perruque et sans lunettes au milieu de tous ces gens, pas un d'entre eux ne me reconnaîtrait...

— Forcément, vos obsèques ont eu lieu hier. Belle cérémonie. Emouvante. Mondovision.

Antonia haussa les épaules.

A l'intérieur du café, Stephen s'était assis et, malgré les reflets de la vitre, elles le virent discuter avec animation.

— J'ai horreur des types musclés, voyez-vous, proclama soudain Indira, ils ont l'air taillés dans du caoutchouc.

Antonia jeta un œil neuf sur sa voisine. Jamais elle ne s'était demandé une seule fois si elle vivait seule, avait un amant, ou plusieurs, un fiancé, des chagrins d'amour, une vie dissolue ou solitaire. La Présidente Gorbachian ne s'intéressait pas aux problèmes de cœur de son personnel.

Un homme longea la voiture et Antonia vit la demi-manchette du journal qu'il tenait plié. « Le monde encore secoué par... » Pas besoin d'être sorcier pour deviner la suite...

Il sera encore plus secoué dans quarante-huit heures, pensa-t-elle.

— Je crois qu'ils ont fini, dit Indira.

Le soleil prenait la rue Lepic en enfilade et toutes les vitres des façades et des magasins renvoyaient les rayons à la raquette. La porte du café pivota, frappant le trottoir d'un fouet de lumière.

Stephen apparut. A ses côtés, marchait l'avorton chauve.

Antonia les regarda traverser.

— Pour ce qui est des muscles, tu n'as pas de crainte à avoir..., dit-elle à Indira.

Stephen s'assit au volant et son copain s'installa à côté de lui. Il était si petit qu'il était pratiquement invisible de l'arrière de la voiture.

— Voilà, dit Stephen, je vous présente Emmanuel Félix de Chassé-Bouilland, le meilleur cascadeur du XXᵉ siècle.

Emmanuel Félix se retourna et sourit de tout son dentier, découvrant des gencives porcelaine d'un rose salle de bains. Il flottait dans un costume Tergal à la mode d'après-guerre, et était manifestement torse nu sous sa veste luisante. Antonia estima à vue de nez son poids à cinquante kilos.

— Heureux de vous présenter mes hommages, pépia-t-il, je n'ai pas très bien compris ce que Bob me voulait, mais il suffit qu'il le veuille pour que je le veuille.

— Qui est Bob ? demanda Indira.

— Stephen, expliqua Antonia. Lorsque Stephen se faisait appeler Andrew Biggs, il jouait le rôle de Strampton, tout le monde alors l'appelait Bob, puisque le prénom de Strampton était Robert.

— Ah ! dit Indira.

Stephen démarra joyeusement en direction du cimetière.

— Nous allons chez Félix, dit-il, en avant pour Bagneux...

— C'est modeste, prévint Félix, il doit y avoir de la poussière, je n'ai pas rangé depuis longtemps mais on pourra s'asseoir sur les pneus.

— Parfait, dit Antonia, voici une excellente nouvelle. Et vous ne cascadez plus ?

Emmanuel Félix de Chassé-Bouilland regarda Indira et lissa d'un doigt précautionneux son cheveu plaqué sur le crâne lisse. Manifestement, elle semblait lui plaire.

— La retraite... trente-deux ans de carrière, dix-sept fractures, vingt-quatre mois d'hospitalisation, vingt-trois ans dans les plus grands studios des Etats-Unis, j'ai cent cinquante-deux films derrière moi, quatorze séries dont *Le Baroudeur* avec Bob, et je peux encore sortir de cette voiture roulant à cent à l'heure, grimper sur le toit, descendre en roulé-boulé par l'aile avant, remonter par le coffre, sauter sur un autre véhicule roulant parallèlement à vitesse identique, et partir en double saut périlleux avec atterrissage ventral ou dorsal, au choix, le tout sans harnais de sécurité ni boucle de rappel.

Indira, hypnotisée, fixait le petit homme.

— Et sauter du haut d'un toit, vous sauriez le faire ?

— Dans *Le Building de l'épouvante*, c'est moi qui tombe. On a dû refaire la prise six fois.

Indira retint un gémissement de terreur.

— On le voyait rebondir sur le trampoline, dit Stephen, il était trop léger, on l'appelait « Ping-Pong ».

La voiture franchit les périphériques et commença à s'enfoncer dans les banlieues.

Les blocs bétonnés s'élevaient entre les chantiers en bordure des échangeurs. On entendait le fracas des pelleteuses.

— A gauche, indiqua Félix, juste après le ferrailleur.

— Et Chassé-Bouilland, c'est votre vrai nom ?

— Oui, dit Félix, ma famille remonte à une cousine de Godefroy de Bouillon, mais mon père était employé à la SNCF et ma mère était costumière à Billancourt. C'est ça qui m'a donné le goût du cinéma.

— Ah ! redit Indira, subjuguée.

— C'est là, dit Félix, vous passez entre les poteaux, c'est le hangar, là-bas.

La voiture cahota dans les ornières. Sur la droite, des fragments rouillés de rails d'un ancien tramway apparaissaient entre les chardons et les herbes ferreuses des terrains vagues.

Ils contournèrent un amoncellement de cartons d'emballage pour eaux minérales et s'arrêtèrent devant une porte. Ils descendirent et Emmanuel Félix ouvrit d'un coup de pied.

— Ça me fait deux cent quarante mètres carrés d'un seul tenant, mais c'est pas meublé.

Ils entrèrent. Sous l'entrelacs des poutrelles et des verrières cassées, des piles de vieux pneus montaient comme des colonnes. Dans un coin, sur une caisse, artistiquement déposés près de la prise d'eau se trouvaient quelques assiettes ébréchées et des verres à moutarde. Félix précisa que c'était le coin cuisine.

Stephen se mit au centre du hangar et sourit.

— C'est exactement ce qu'il nous faut, dit-il, on ne pouvait rêver mieux.

Indira s'approcha de la paillasse du maître des lieux. Au-dessus étaient punaisées aux murs des photographies que l'humidité gondolait. C'était des clichés de studio, on y voyait Félix et John Wayne, Félix et Clark Gable, Félix et Mastroianni, Félix et Elizabeth Taylor. Sur certains, il se trouvait au volant d'un véhicule à moteur, d'une diligence et même d'un hors-bord. Sur l'un d'eux, il trinquait avec Stephen.

— Les cascades dans l'eau sont les plus difficiles, dit-il.

Indira sursauta. Il se tenait juste derrière elle. Il eut de nouveau son sourire-dentier. Son visage de grenouille se plissa.

— Il faut calculer l'angle de chute, sinon on se fracasse comme sur un mur de béton.

La secrétaire frémit. Ce petit homme lui était sympathique, il avait exactement la même taille qu'elle. Il y avait tellement de courage en lui qu'il donnait l'impression d'éclater à chaque mouvement.

— Excusez-moi, dit-il, Stephen m'a vaguement parlé d'une histoire de présidente, mais j'avoue que je n'ai pas très bien compris. Est-ce que vous savez ce que l'on est venu faire exactement ici ?

Stephen Laplanch l'entendit et prit son compagnon aux épaules.

— Je vais te le dire, commença-t-il, c'est très simple et tu ne vas pas te trouver dépaysé : on va faire du cinéma.

François Domignon dort à côté de son épouse Dominique Domignon.

Il faut dire qu'il n'y a là rien de surprenant : il est quatre heures du matin. Quatre heures sept exactement.

D'ailleurs François Domignon dort de plus en plus. Il grossit et il dort, et il se demande lequel de ces deux phénomènes est la cause de l'autre. Grossit-il parce qu'il dort, ou dort-il parce qu'il grossit ?... Il n'a pas encore élucidé la question. Sa femme a une opinion là-dessus mais elle ne la lui a pas communiquée, elle a préféré prendre un amant.

Mais cette nuit, François Domignon a des raisons de dormir car voici trois jours et trois nuits qu'il ne l'a pas fait. L'explication est simple : il est le responsable en chef de *L'Européen* pour les problèmes politiques, et la mort d'Antonia Gorbachian a nécessité bien évidemment la confection d'un numéro spécial de soixante pages qui a dû être bouclé en dix-sept heures. Il a également participé, durant ce laps de temps, à treize tables rondes, quatorze interviews à diverses chaînes de télévision, trois débats en duplex, sans compter les radios et contacts avec les différents responsables des partis européens.

127

Bien qu'il s'en défendît, il avait éprouvé un certain soulagement à la fin de la cérémonie funéraire : ouf, c'était fini, Alex Vexlan, le vice-président du Parlement européen, assurerait l'intérim, comme le prévoyait la constitution, tout rentrait dans l'ordre et la norme, on n'avait jamais rien inventé de mieux.

En rentrant chez lui, les jambes lourdes de fatigue, il s'était surpris à siffloter un vieil air aux paroles idiotes mais définitives :

> « Car elle est morte, Adèle
> Adèle, ma bien-aimée ».

Il s'était enfoncé sous les draps en pensant que les personnages politiques ne sont jamais drôles de leur vivant, deviennent carrément assommants lorsqu'ils passent de vie à trépas, et il avait sombré dans le sommeil le plus profond.

Et à quatre heures sept, le téléphone sonna.

Dominique Domignon — Dodo-Mimi pour les intimes, Fasol-Fasol pour les autres — ouvrit un œil et le referma.

A la troisième sonnerie, François Domignon émergea pâteusement. La voix de son interlocuteur lui parut lointaine.

— Vous aimez les scoops ?

Le responsable en chef eut un bâillement.

— Vui, dit-il.

— J'en ai un. La Présidente n'est pas morte.

Domignon s'enfonça encore davantage dans le matelas.

— Celle-là, on ne me l'avait pas encore faite. Merci d'avoir pensé à moi.

Il allait raccrocher et refermait déjà les yeux.

— Ne faites pas l'imbécile, Domignon, écoutez ce que vous dit ce type.

D'un coup de reins, il s'assit et renversa la lampe de chevet.

La femme qui venait de parler était une imitatrice

hors pair, ou alors la Mère Adélie lui téléphonait en direct de l'au-delà.

— Qui êtes-vous ? hurla-t-il. Répondez, ne raccrochez surtout pas.

Ce fut la même voix d'homme qui répondit.

— Une cassette vidéo a été déposée il y a moins d'une heure dans votre boîte aux lettres. Visionnez-la et attendez mes ordres.

Terminé. Domignon écarta les draps, opéra une translation et pivota pour sortir du lit. Ses pieds entrèrent directement dans ses pantoufles. C'était un homme d'ordre.

— Qu'est-ce que c'était ? demanda Dodo-Mimi.

— Rien, dit-il. Dors.

— Ne me dis pas « rien », quand on téléphone, c'est toujours quelqu'un, et en l'occurrence, ce doit être une de tes maîtresses.

Elle avait pris l'habitude, depuis qu'elle avait un amant, de l'accuser d'avoir un grand nombre de femmes, cela avait l'avantage de le mettre hors de lui et d'écarter les soupçons.

— Je n'ai pas de maîtresses, dit-il, cela fait vingt-cinq fois que je te le répète, et puisque tu tiens à savoir qui était au bout du fil, je te dirai que j'ai eu l'impression que c'était Antonia Gorbachian.

Dodo-Mimi laissa échapper un rire gras.

— On peut dire que tu es le roi du mensonge ! dit-elle. Tu n'as pas eu le temps d'inventer autre chose, ou bien tu donnes dans le paranormal ?...

Elle le regarda enfiler sa robe de chambre.

— Qu'est-ce que tu fais ?

— Je descends.

— Tu vas la rejoindre ? Elle t'attend en bas ?

— De qui parles-tu ?

— De ta maîtresse.

Domignon sentit un afflux d'adrénaline envahir ses vaisseaux. Je vais lui fracasser le crâne, l'étrangler à mains nues, la poignarder avec le sabre d'apparat, pendu dans le salon, d'oncle Henri-

Octave Domignon, maréchal des logis au 14ᵉ régiment de spahis, la flanquer par la fenêtre et dépecer au scalpel son corps dans la salle de bains, je brûlerai les morceaux dans la chaux vive, les fragments, s'il reste des fragments, dans la chaudière.

— A tout de suite, susurra-t-il.

— Je te préviens, affirma Fasol-Fasol, si tu quittes cette chambre, tu n'y rentreras plus. Je suis sûre que cette créature t'attend en bas...

François Domignon sortit sans attendre la suite ; il fit jouer les serrures de la porte de l'appartement, glissa la clef dans sa poche, donna de la lumière et, négligeant l'ascenseur, descendit les escaliers de marbre de l'immeuble. Les plantes grasses du rez-de-chaussée l'accueillirent de toutes leurs palmes. Il se dirigea vers la boîte aux lettres et l'ouvrit à l'instant précis où la minuterie s'éteignait. Il sentit la cassette du bout des doigts et recula d'un bond dans le noir total.

Il ne se ferait pas piéger. Et si l'objet était relié à un explosif, si en le tirant à lui, il déclenchait une machine infernale ?...

Il ralluma et, sur la pointe de ses pantoufles, inspecta le noir parallélépipède à l'intérieur du casier. A première vue, il n'y avait ni fil ni détonateur, mais avec la miniaturisation, on ne savait jamais.

Il eut une idée. Il fit glisser la cordelette de sa robe de chambre et confectionna un lasso sommaire. Tout cela était ridicule, mais c'était mieux que de terminer sa vie manchot. Et l'autre idiote qui s'imaginait qu'il avait une maîtresse ! Je suis à peu près autant intéressé par une maîtresse qu'elle par un amant... Il se vit, arrivant dans une soirée mondaine, amputé jusqu'au coude, avec la manche du smoking repliée. Avec un nom comme le sien, on l'appellerait Dumoignon, tout le journal se tordrait de rire dès qu'il aurait le dos tourné... La cordelette glissa autour de la cassette. Il tira sur l'extrémité et la vit bouger.

Si c'était une bombe, elle aurait déjà explosé.

Par une ultime précaution, il s'en empara de la main gauche car il était droitier, et l'examina de plus près. Pas l'ombre d'un doute : c'était une cassette comme toutes les autres cassettes. Il la fourra dans sa poche, remonta quatre à quatre et devait se rappeler toute sa vie les cinq minutes qui suivirent.

Moins d'une heure plus tard, il était arrivé à réunir devant son poste de télévision le PDG de *L'Européen*, le rédacteur en chef de *L'Européen*, la rédactrice en chef adjointe de *L'Européen*, le journaliste spécialiste des affaires criminelles de *L'Européen*, un avocat d'assises de ses amis. Tous dans un état légèrement comateux.

Le président-directeur général était un homme dont les subordonnés s'accordaient à dire qu'il était aussi dur envers les autres que mou avec lui-même... Il s'installa dans le meilleur fauteuil et bougonna :

— Mon cher Domignon, j'espère que ça en vaut la peine.

Domignon eut un hoquet et, d'une main encore tremblante, enclencha une nouvelle fois la cassette dans le magnétoscope.

— Vous allez juger, monsieur le président.

Au fur et à mesure que l'enregistrement se déroulait, les yeux des nouveaux arrivants s'exorbitèrent. La bande durait exactement une minute quinze. Lorsque finit la projection, un long silence suivit.

— Repassez-la, dit le rédacteur en chef.

Domignon obtempéra.

Une minute quinze plus tard, ce fut au PDG de réagir.

— Encore, dit-il.

La bande passa cinq fois de suite.

Durant la dernière projection, l'avocat demanda deux retours en arrière et trois arrêts sur image.

Lorsque Domignon ralluma les lampes, les cinq visages qu'il avait devant lui étaient pâles.

La rédactrice en chef adjointe se tortillait dans son jogging.

— La question est simple, dit-elle. Gag ou pas gag ?

Le spécialiste des affaires criminelles joignit les mains et fit craquer ses jointures. Il était évident que c'était à lui de parler et qu'il jouait là une partie de sa carrière.

— Je vous passe la bande à nouveau ?

— Inutile.

Il se concentra, ferma les yeux pour faire ressortir plus facilement les images de sa mémoire et aspira autant d'air qu'il en faut pour plonger à trente mètres.

— Pas gag, dit-il.

— Qui est d'un avis contraire ? demanda le PDG.

Tous se regardèrent, aucun doigt ne se leva.

— Parfait, dit-il, nous sommes tous d'accord, mais je vous rappelle que si nous sommes dans l'erreur, je serai le seul à ne pas être viré. Je vous donne un quart d'heure pour démarrer l'édition spéciale.

Domignon fonça avec les autres. Ce n'est que dans le taxi qu'il s'aperçut qu'il était toujours en robe de chambre.

VIII

« Vivante » (*L'Européen*, journal apprécié pour la sobriété de ses une).

« Vivante ! ! ! ! !» (*The Best*, journal de la presse anglaise dite « à sensation »).

« Vivante ? » (*La Libre Belgique*, journal belge connu pour son caractère dubitatif).

« Vivante ! ! ! ? ? ? » (*El Diario*, journal espagnol remarqué pour sa recherche de la sensation dubitative).

« Elle est vivante ! » (*Le Grand-Duché*, journal luxembourgeois dont le rédac-chef est connu pour son horreur des manchettes à vocable unique).

« Vivante peut-être mais kidnappée certainement » (*Le Matin d'Oslo*, journal suédois à tendance pessimiste).

« A combien va encore s'élever la rançon que les contribuables vont avoir à payer (car ce sont eux en fin de compte qui feront les frais de l'opération) pour que l'on puisse récupérer la Gorbachian, patronne d'un gouvernement fantoche à la solde du grand capital ? Telle est la question » (*Lutte prolétarienne*, journal pour l'édification de la IVe Internationale).

Stephen étala les journaux sur la couverture et posa sur la table de nuit bol de café et croissants.

Antonia lui sourit et cligna des yeux. Les rayons du soleil passaient à travers les volets de bois. En écolière appliquée, la lumière tirait à la règle des traits d'or fin sur la chaux des murs. Marseille, au loin, s'ébrouait.

— Ça y est, dit-il, le monde vient d'apprendre la nouvelle.

Elle s'adossa aux oreillers, feuilleta les quotidiens rapidement. Elle portait un tee-shirt jaune à manches vertes représentant une fille nue style Panthera, princesse de la jungle, poursuivie par un gorille mâle extrêmement énervé.

La veille, Stephen avait insisté pour qu'elle fasse cet achat. Il avait expliqué qu'une personne portant un vêtement excentrique passait d'autant plus inaperçue que ledit vêtement retenait toute l'attention : son visage n'avait alors aucun intérêt.

Stephen s'était levé le premier et avait raflé tous les quotidiens qu'il avait trouvés chez le marchand de journaux du village.

La plupart reproduisaient des images de la cassette et reprenaient le texte qu'elle prononçait.

— Il va falloir porter perruque et raser à nouveau les murs, dit-elle, la thèse du kidnapping ne fait de doute pour personne.

— Si, dit Stephen, pour Bedwards.

C'était exact : dans quelques entrefilets, les auteurs des articles notaient que seul le responsable personnel de la sécurité affirmait que la Présidente ne pouvait avoir échappé à sa vigilance. Il était évident que personne ne le croyait, et même quelques sous-entendus perfides laissaient entendre que ce bon Bedwards ne s'était jamais signalé par des actions d'éclat particulièrement remarquables, et que dans les milieux de la protection rapprochée, il était connu plus pour ses bévues que pour sa compétence. Le *Guardian* rappelait qu'il avait laissé filer le prince Ali B'Seoud dont il avait la charge. Le prince avait fait une fugue de quatre jours avant que Bedwards ne retrouvât sa trace. Le fait qu'à l'époque Ali B'Seoud eût six ans et demi n'ajouta rien à la gloire du policier. Comment aurait-on ajouté foi à ses dénégations concernant un kipnapping que tout prouvait !

Tandis qu'elle buvait le café fumant, Stephen ouvrit les volets. En face de lui, les falaises de calcaire scintillaient comme des morceaux de sucre entassés sur le saphir des eaux.

— Ma cote de popularité a augmenté depuis que je suis ressuscitée, remarqua-t-elle. Un sondage IFOP souligne que 97 % des Européens préfèrent me savoir en vie plutôt que décédée. Je n'avais jamais atteint un tel chiffre.

— Une bonne opération pour toi, il suffit de mourir deux jours pour crever les plafonds des indices, tu sais ce que tu devras faire dès que tu seras en baisse.

Antonia avala un demi-croissant, alluma la radio qui se trouvait sur une chaise bancale et tomba sur un bulletin d'informations.

« ... ont authentifié, non pas un fragment humain mais un morceau de rôti de mouton, ce qui contribue, s'il en était besoin, à ruiner la thèse qu'AL Bedwards est seul maintenant à soutenir avec, d'ailleurs, de moins en moins de vigueur. Il est indéniable que, profitant de l'absence de la secrétaire, les kidnappeurs ont pu s'introduire à Zeerkekerk et emmener la Présidente avant de faire exploser la maison. Quant à la somme fixée par les ravisseurs, pour exorbitante qu'elle soit, il semble qu'il ne soit pas difficile de... »

Antonia tourna le bouton. Tout fonctionnait comme prévu, Stephen avait monté l'opération d'une main de maître. Mais le plus dur restait à faire.

— Répétition dans une heure, annonça Stephen, nous en ferons trois dans la journée. Jusqu'à présent, tu es parfaite.

— Une carrière nouvelle, dit Antonia.

Autour du mas perdu dans l'amoncellement des

roches éboulées, les marteaux du soleil avaient commencé à battre leurs tam-tams, les crêtes s'étiraient, parallèles à la mer, coupées par des cañons de vertiges plongeant en contrebas dans l'améthyste des eaux.

A l'ombre du mur, sous la treille envahie par l'odeur râpeuse des figuiers sauvages, Emmanuel Félix de Chassé-Bouilland acheva de tartiner de fromage de chèvre une biscotte de marque nordique.

— Elizabeth Taylor a fini par me l'avouer, poursuivit-il avec la mélancolie des grands blessés de la vie. Elle serait bien partie avec moi mais j'étais quand même trop petit, pourtant elle-même n'est pas grande, mais c'est toujours ces quelques centimètres qui m'ont manqué...

Indira, le menton dans les genoux, opina. Autour d'eux, les cigales avaient commencé l'acide chant d'amour de leurs ailes brûlantes.

— Moi, dit-elle, je ne vous trouve pas trop petit, voyez-vous...

Félix lui tendit la biscotte.

— Mangez, dit-il, je vais chercher du rosé, je l'ai mis à rafraîchir dans le puits. C'est la liqueur des dieux.

Quelques mètres plus haut, sur le seuil de la bâtisse, Antonia et Stephen apparurent dans le contre-jour du soleil. Ils leur parurent tellement amoureux qu'ils eurent l'impression, quelques secondes, que c'étaient eux qui illuminaient tout le massif, de la Bedoule à la Pointe-Rouge, le pays de pierre blanche, de ciel bleu et de pins crochus dressé en étrave face aux grandes lessives bleues de la Méditerranée. A l'ouest, presque invisible dans le scintillement de chaleur, la Vierge de la Garde.

Dans la grande salle de réception du quartier de la présidence transformée en QG, trente hommes et quatre femmes évoluaient en permanence autour des batteries de téléphones et d'ordinateurs. Sur l'écran géant installé au fond de la salle, l'enregistrement envoyé par les ravisseurs était projeté en boucle depuis maintenant quatorze heures.

Leur travail ininterrompu avait porté les fruits suivants : le film avait été réalisé par une caméra vidéo d'amateur, de modèle courant et de marque japonaise. Il en avait été vendu 457 923 depuis sa mise sur le marché. En supposant que les kidnappeurs n'aient pas acheté l'appareil d'occasion à un revendeur ou à un particulier, ils devaient être dans le lot. Douze enquêteurs furent chargés d'interroger les responsables des magasins fournissant cet article : n'auraient-ils pas remarqué quelque chose d'anormal lors de la vente de l'une de ces caméras ?... Jusqu'à présent, cette piste était restée sans résultat.

Il était également impossible de déterminer par un détail quelconque où l'enregistrement avait eu lieu, Antonia Gorbachian ayant été filmée devant une toile tendue, sans doute un drap usagé. Quant au kidnappeur que l'on apercevait près d'elle à trois reprises, dévoilé par trois mouvements latéraux de la caméra, on pouvait dire de lui quatre choses : sa cagoule le masquait entièrement, il était très grand et très maigre, sa taille ayant été évaluée à un mètre quatre-vingt-dix-sept, deux mètres, son vêtement ressemblait à un pull de marin breton, et l'arme qu'il tenait en bandoulière n'avait pas encore été identifiée. C'est ce dernier point qui intriguait le plus les enquêteurs... Ils l'auraient été bien davantage s'ils avaient su que ladite arme était un élément de la panoplie « Mandrax, Corsaire de l'Espace », vendue dans tous les bons bazars de jouets pour enfants ; Indira l'avait achetée boulevard de Clichy deux heures avant l'enregistrement.

Les enquêteurs s'usèrent les nerfs à rechercher tous les suspects dépassant un mètre quatre-vingt-quinze fichés par Interpol et autres banques de données policières. Deux cent quarante et un furent interrogés, deux cent trente-sept possédaient un alibi, les quatre derniers avaient fondé un club de basket dans un camp de réfugiés palestiniens. La surprise aurait été plus grande encore que pour le pistolet stratosphérique s'ils avaient su que le kidnappeur Emmanuel Félix de Chassé-Bouilland mesurait en réalité un mètre cinquante-deux et avait été filmé debout sur un tabouret.

Sans cesse, la voix d'Antonia retentissait dans la salle, répétant les mêmes mots que tous connaissaient à présent par cœur : « Vous me reconnaissez, je suis Antonia Gorbachian, votre Présidente, je viens d'être kidnappée... je ne suis et n'ai pas été maltraitée. Les hommes qui me gardent sont constamment masqués, comme celui qui se trouve en ce moment auprès de moi. Ils exigent une rançon. Les modalités de versement seront fixées téléphoniquement à mon bureau dont je leur ai donné le numéro. Le montant est fixé à un milliard d'euros. »

Tous avaient admiré le courage de cette femme prisonnière qui savait rester digne dans l'adversité, mais cela ne donnait pas le moindre indice et, depuis que François Domignon avait reçu la bande, les gangsters ne s'étaient plus manifestés. Que se passait-il ? Le monde espérait, les yeux anxieusement fixés sur l'appareil posé sur le bureau de la Présidente, Jossip et une trentaine de policiers attendaient dans un silence de tombe et un air lourd de tabac blond. Depuis qu'elle n'était plus là, la consommation de cigarettes de Jossip était passée de quatre à quatre-vingt-dix-sept cigarettes par jour. Depuis vingt-quatre heures, le président par intérim était entré en fonctions mais la cérémonie officielle était passée quasiment inaperçue.

L'un des flics présents s'étira.

— Ne vous énervez pas, dit-il, ça peut durer des

semaines. Ces types jouent avec nos nerfs. Pour l'enlèvement de la femme du président de la Commission bancaire helvétique, nous avons attendu vingt-quatre jours les premières instructions.

— Et vous avez fini par la retrouver ?

— Oui. Dans une cave à Anvers, pour le corps en tout cas. La tête se trouvait dans une poubelle à Copenhague.

Jossip frémit. Ces flics étaient d'une vulgarité stupéfiante.

— Et pour ce qui est de Mme Gorbachian, demanda-t-il, vous pensez que nous pouvons espérer la revoir vivante ?

— Possible. Si l'on s'en réfère aux statistiques des cinq dernières années, il y a une chance sur huit.

— Rassurant, soupira Jossip.

Ce fut à cet instant précis que le téléphone sonna.

Instantanément, les machines de détection s'enclenchèrent. Si l'appel venait d'un circuit informatisé, l'origine de l'appel serait détectée en vingt secondes, sinon il faudrait que la conversation dure trois bons quarts d'heure pour qu'à cent kilomètres près, on puisse la localiser — et encore, sans certitude...

— Vous avez l'argent ?

— Oui.

— Soyez à l'Opéra de Marseille ce soir à vingt heures. Déposez-le sur le toit. Attention, pas de flics, pas de flingues, pas d'arnaque.

— La Présidente ?

— Il dépend de vous que vous la récupériez. Nous quittons Helsinki dans quelques secondes, au moindre ennui elle est morte. Salut.

Tous sursautèrent au déclic.

Une dizaine de policiers se ruèrent dans le couloir. Les écouteurs aux oreilles, deux hommes ruisselaient devant leurs instruments.

— Alors ?

L'un d'eux leva les yeux et fixa le sonar lumineux.

— Trop court pour un repérage, dit-il, mais à mon avis ils sont en Finlande.

— Très drôle, ricana l'officier supérieur.

Devant eux, une carte d'Europe, sur un écran de fortune, clignotait. Les voyants indiquaient les capitales et battaient comme autant de cœurs circulaires et rouges.

— Dégagez l'espace aérien, dit une voix, ils peuvent arriver en avion.

Un des officiers généraux des forces armées se tourna vers Jossip.

— Nous avons affaire à des pros, dit-il, ces gens-là disposent d'énormes moyens... je pense à une internationale du crime...

Félix sortit de la cabine téléphonique de la poste de Mazargues et reprit la voiture que l'ombre des platanes avait protégée de la grosse chaleur de midi. Il était content de lui, il avait bien récité son texte, avec l'intonation et tout, il avait même tordu la bouche pour articuler afin que cela fît plus méchant, un peu comme Edward G. Robinson dans ce film où il découpe la vieillarde au chalumeau.

Voilà, c'était fait. Il ne restait que la dernière partie de l'opération. Ce n'était pas la moindre.

Il embraya et prit la route des crêtes, laissant derrière lui les collines de Marseilleveyre, gros tas de crème chantilly solidifié par le soleil d'étés successifs.

Tout en roulant, le visage d'Indira vint en surimpression se coller contre le pare-brise.

L'ennui, c'est qu'elle était petite. Pas niable. Et puis, des lunettes. Mais pas mal. Mais il était trop vieux et trop clochard, jamais un centime... il se débrouillait mais ce n'était que des expédients... Les virages s'accentuaient, derrière lui la poussière soulevée par ses roues brouillait le paysage. Il s'était souvenu de cette cabane collée à la paroi du massif des bords de mer... il y était venu cinq ans auparavant pour y tourner un téléfilm, *Flibustier des Antilles*. Avec quatre troncs de cocotiers en plastique et des palmes de caoutchouc, ils avaient transformé les alentours de Cassis en environs de Saint-Domingue, et la Provence en Caraïbes. Le résultat n'avait guère été probant, comme avaient pu le constater une poignée de téléfidèles restés sur FR3 à vingt-trois heures en plein mois d'août. Lui s'était foulé le poignet dans une bagarre jouée à l'intérieur de la maison, et il avait pensé que c'était là une superbe cachette pour des gens en cavale. Il n'avait pas eu de mal à décider Stephen à venir s'y installer.

L'auto cahotait à présent sur la pierraille et les verres des phares crissèrent en crevant l'entrelacs des broussailles.

Il s'arrêta et monta à pied le dernier escarpement qui grimpait en direction des cols. Stephen le vit venir, silhouette perdue dans le désordre des montagnes.

Emmanuel Félix, les jambes coupées par l'escalade, s'effondra sur l'ancien muret qui cernait la maison.

— Ça y est, dit-il. Impeccable. Ils ont le message.

Les deux femmes apparurent.

Stephen alluma une cigarette.

— Maintenant, c'est à nous, dit-il, dans vingt-quatre heures tout devra être réglé.

L'ex-cascadeur se releva avec un soupir et, sans bouger les pieds, pivota sur ses hanches. Son bras droit se détendit.

Son poing explosa sur la mâchoire de Stephen dont les semelles quittèrent le sol. Antonia poussa un cri. Le sang coulait de la lèvre inférieure de Laplanch. Il cracha et sentit sous sa langue quelques morceaux d'émail détachés de ses dents... Cela ressemblait à ces morceaux d'écaille que l'on trouve parfois dans les huîtres ouvertes.

Il tâtonna, cherchant l'appui de ses paumes sur les cailloux pour se relever.

— Bon Dieu, gémit-il, tu pouvais quand même m'avertir...

Chassé-Bouilland suçait les jointures meurtries de ses phalanges.

— Surtout pas, dit-il, la recherche de l'authenticité s'avère toujours payante.

Antonia se planta devant Félix.

— A moi, dit-elle.

Le petit homme eut un recul de jeune vierge.

— Je ne pourrai pas, dit-il, je n'ai jamais touché à une femme de ma vie...

— Ce n'est pas pour de vrai, dit Indira, et puis c'est pour une bonne cause.

— Non, dit Félix, c'est plus fort que moi. J'ai refusé un contrat juteux parce que je devais frapper Ava Gardner avec une batte de base-ball.

— J'aurais aimé ça, dit Indira, j'aime le base-ball et je n'ai jamais supporté Ava Gardner, voyez-vous.

Stephen malaxait tendrement sa joue douloureuse.

— Décide-toi, dit-il, on ne va pas y passer la nuit.

Félix regarda la Présidente dressée devant lui dans l'exacte position de saint Sébastien attendant les archers, et avala sa salive.

— D'accord, dit-il, mais c'est contraire à tous mes principes. Courez droit devant vous dans le sens de la pente.

Les yeux d'Antonia s'arrondirent.

— Je n'ai plus couru depuis l'âge de douze ans et demi, dit-elle.

— C'est facile, dit Stephen, tu procèdes exactement comme si tu marchais, mais plus rapidement.

— Ces indications me seront précieuses, dit Antonia. Donc je me mets à courir, et après qu'est-ce qui arrive ?

— Je vous poursuis, dit Félix, je vous rattrape, vous plaque aux jambes et vous tombez. C'est bien le diable si vous n'héritez pas de quelques écorchures et ecchymoses.

— Fais attention, dit Stephen, ça fait longtemps qu'elle n'a pas joué dans le Tournoi des cinq nations.

— Moi non plus, dit Félix.

— Je suis prête, dit Antonia, embrasse-moi, Stephen.

— Impossible, dit-il, ma lèvre enfle à vue d'œil, et ça violace.

Elle eut un gémissement et démarra à toute allure.

Félix la regarda partir, indigné.

— Qu'est-ce que tu attends, bon Dieu ! hurla Stephen.

— Elle va trop vite pour moi, protesta-t-il, je ne pourrai jamais la rattraper.

Elle prit le sens de la plus grande pente et ils la virent accélérer. Stephen beugla, les mains en porte-voix.

— Freine ! !

Antonia, surprise, sentit ses genoux monter et redescendre tout seuls, de plus en plus vite, tandis que ses orteils touchaient de moins en moins souvent le sol.

Si je bats des ailes, pensa-t-elle, je décolle...

Elle entendit le cri lointain de Stephen répercuté par les échos et se mit involontairement à bondir le long de la pente de plus en plus raide.

Elle accomplit encore deux pas de géant, deux enjambées olympiques et s'envola avec une grâce de bimoteur. A l'horizon, mer et ciel s'inversèrent. Comme leurs bleus étaient à peu de chose près identiques, elle eut le temps de penser que cela ne faisait pas une grande différence.

Antonin Peragnoli, dit Furète, n'avait jamais eu de chance dans la vie. D'un quotient intellectuel étonnamment faible, il avait pendant près de quarante ans transporté les chargements d'oursins, de violets et de clovisses des bateaux qui, les matins de beau temps, accostent au Vallon-des-Auffes ou dans les autres ports cernant la cité phocéenne. Les années et les pastis en série avaient rendu ses bras trop faibles pour qu'il pût continuer à sortir les paniers, et il avait donné un temps dans la chiffe, ce qui lui avait valu son surnom, beaucoup d'ennuis et peu d'argent. Il avait fini par devenir mendiant, ce qui lui avait paru être une situation stable et d'avenir, les touristes affluant depuis quelques années à Marseille dont l'économie repartait. De plus, il avait résolu depuis six mois déjà le problème du logement, et cela grâce aux bons et loyaux services d'un ancien copain de régiment, Ange Gastiani, concierge d'établissement municipal, préposé à l'Opéra de Marseille.

En effet, pour une somme modique qui lui permettait de faire la partie de 421 dans les différents bars du quartier, Gastiani ouvrait chaque soir à Peragnoli une porte dérobée donnant sur une arrière-cour, et là, par un escalier extérieur se terminant en échelle, Furète grimpait jusqu'au toit en zinc de l'Opéra où, à l'aide de cartons, de ficelles et de morceaux de cagettes montés clandestinement, il s'était confectionné une sorte de deux pièces-cuisine tout à fait acceptable.

Ce soir-là, la recette sur les marches de Notre-Dame-de-la-Garde ayant été fructueuse, Peragnoli s'acheta une tranche de jambon blanc et une douzaine d'escargots de Bourgogne qu'il ferait réchauffer sur le réchaud à alcool. Avec un litre de 12°5, un pan-bagnat ruisselant d'huile et une poignée d'olives cassées, il pouvait considérer sereinement l'existence.

Après avoir payé sa dîme journalière à son copain, il entreprit l'escalade et se retrouva chez lui, sous les nuages. Il soupira d'aise et retira avec délices ses espadrilles odorantes. Il affectionnait cet endroit, il aimait se glisser contre la rambarde et regarder en contrebas les rues filer à ses pieds jusqu'aux lumières de la Canebière. Il devenait alors le seigneur de la ville, son prince-mendiant du haut du toit-terrasse du vieux théâtre. Pour un peu, il se serait mis à chanter *Carmen* ou *Tosca*. C'est au moment où il débouchait sa bouteille qu'il entendit un frôlement le long de l'échelle d'accès.

Quelqu'un montait.

Cela n'était encore jamais arrivé. Il recula dans l'ombre et, à tâtons, sa main partit à la recherche de la chaussette bourrée de gravier qui lui servait à protéger sa recette des malfrats et autres malfaisants. Une main apparut d'abord puis disparut, remplacée par un sac de voyage tenu, un court instant, en équilibre sur le sommet de la rambarde et qui, finalement, bascula sur le toit. Un deuxième bagage apparut : deux sacoches de cuir bourrées qui roulèrent silencieusement dans la gouttière intérieure. Un visage suivit et l'homme se découpa sur le ciel de Marseille. Il sauta sur le toit et jeta autour de lui un regard méfiant.

Un gangster, pensa Peragnoli.

L'inconnu se baissa, ramassa les sacs et vint les placer au centre du toit. Son attitude extrêmement suspicieuse laissa subodorer à Furète qu'il se tramait sous ses yeux quelque chose qui pouvait être dangereux pour lui. Il chercha donc à se dissimuler davantage et, dans le mouvement, heurta du talon le réchaud à alcool qui tomba.

D'un bond de cabri de haute Provence, Bedwards se retourna et fit face, genoux pliés, dans l'attitude caractéristique du karatéka de niveau supérieur. Son œil d'aigle découvrit dans l'ombre la silhouette d'Antonin Peragnoli. Il l'étudia d'un regard rapide.

Un grand professionnel.

L'homme s'était déguisé en mendiant.

La fausse barbe était un petit chef-d'œuvre de

maquillage et rien n'avait été négligé, de la ficelle qui servait de ceinture à la crasse du maillot de corps.

— C'est pour vous, dit-il.

Les deux hommes se regardèrent longuement.

— Merci, dit Peragnoli.

L'idée d'inviter le généreux donateur à partager sa douzaine d'escargots l'effleura, mais six chacun, ça ne faisait vraiment pas beaucoup.

A quelques mètres devant lui, Bedwards avala sa salive. Il avait décidé à grand-peine les autorités de la cellule de crise SAG (« Sauver Antonia Gorbachian ») constituée des différentes polices, à lui confier cette mission indispensable pour réhabiliter un tant soit peu son honneur, et cette fois il ne commettrait pas d'impair. Ils avaient accepté, il saurait se montrer digne de leur confiance. Il désigna les sacs.

— Il y a là-dedans un milliard. Très exactement.

Furète remonta son pantalon et regretta de ne pas s'être lavé les pieds depuis Noël 1992.

— Prenez-le, dit Bedwards.

Le clochard réfléchit. Il avait toujours pensé qu'il existait une justice divine. Que Dieu ne pouvait pas laisser un homme mener pendant des lustres une vie de forçat, à trimbaler des paniers bourrés de saloperies d'oursins, sans lui accorder un jour ou l'autre une compensation, et ce jour était venu. Il toussa pour chasser un enrouement d'émotion.

— Je ne sais pas si je dois accepter, dit-il. C'est trop gentil.

Bedwards eut un fin sourire.

Ce type plaisantait.

C'était la preuve qu'il possédait des nerfs d'acier et qu'il ne craignait rien. Un frisson d'admiration le parcourut.

— Je suppose que je dois descendre de ce toit avec vous, dit-il.

Furète eut un rire léger.

146

— C'est déjà tellement aimable à vous de vous être dérangé que je ne vais pas encore vous demander un service.

L'admiration du policier pour le faux clochard s'accrut.

— J'ai compris, dit-il. Je suis votre otage. Je porterai les sacs.

Furète eut un regard de regret vers les escargots, le pan-bagnat et la bouteille inentamée ; tandis qu'il enfilait une veste ramassée cinq ans auparavant dans une poubelle du rond-point du Prado, Bedwards enfonça la touche du talkie-walkie miniaturisé qu'il portait sous sa chemise.

— Transaction effectuée, chuchota-t-il. Dégagez les voies d'accès, je descends avec un de leurs hommes. A vous.

Il y eut un grésillement et une voix tendue cracha :

— Et la Présidente ? Qu'a-t-il dit ?

— Une seconde, fit Bedwards.

Il se tourna vers son compagnon et décida d'adopter ce ton primesautier que l'autre avait instauré dans leurs rapports.

— Et la Présidente ? demanda-t-il avec une note négligemment dédaigneuse. Va-t-on finalement arriver à la retrouver cette chère Présidente ?

Furète acheva d'enfiler avec peine sa deuxième espadrille.

Le type devait faire allusion à cette histoire d'enlèvement qui faisait les gros titres du *Provençal* depuis quelques jours... on ne parlait plus que de ça dans les rues, les gens étaient comme fous.

— Vous inquiétez pas, allez, dit-il avec philosophie. Une présidente, ça ne se perd pas comme une pièce de dix francs.

Les paupières de Bedwards battirent et laissèrent filtrer un regard matois.

— Vous pensez donc qu'on va la revoir bientôt ?

— A mon avis, dit Furète, et bien que je ne

connaisse pas grand-chose à la politique, ça ne devrait pas tarder.

« Ça ne devrait pas tarder », ça voulait dire ce que ça voulait dire...

Bedwards enfonça à nouveau le bouton et souffla :

— Ils la libèrent. Nous descendons.

Il coupa le contact, chargea un des sacs sur son épaule et les deux hommes se mirent à descendre. Arrivé au sol, Furète récupéra les deux sacs et tendit la main au policier.

— Si ça vous fait rien, dit-il, je prends le taxi, maintenant que j'ai les sous, je peux me permettre... merci encore et bonne route.

Bedwards fixa la voiture qui stationnait à moins de dix mètres.

Une organisation au millimètre. On aurait vraiment dit un authentique taxi.

Furète disparut à l'intérieur et l'auto démarra.

— Pas d'embrouilles, ordonna Bedwards dans son appareil, tout se passe en douceur. Ne le suivez surtout pas.

Il coupa la communication, chercha une cigarette dans sa poche et sa poitrine se gonfla de satisfaction. Cette fois, il n'avait pas commis d'erreur. Il avait été bon. Plus que bon.

La Canebière.

— Cramponne-toi, dit Stephen.

Il rétrograda, augmenta le volume sonore du moteur et lâcha l'embrayage. Les pneus fumèrent sur l'asphalte et Antonia se colla au siège arrière.

Il était vingt heures trente-trois et, depuis trois minutes, les lampadaires étaient allumés.

De la paume de la main gauche, il déclencha le klaxon et contre-braqua.

Elle vit la ville monter vers elle de toutes ses

lumières et retint un cri de terreur. L'aiguille des vitesses dépassa les cent trente à l'heure. Il accéléra, frôlant un poids lourd.

— Stephen, attention ! !

La CX devant lui déboîta au millième de seconde et partit en tête-à-queue.

Le feu à soixante-quinze mètres passa à l'orange, Stephen écrasa l'accélérateur, libérant toute la puissance, cent quarante, cent cinquante, cent soixante... les roues crissèrent, survirèrent, il sentit le volant s'affoler, il redressa au ras du trottoir et franchit le carrefour à cent soixante-dix. Le coup de sifflet vrilla ses tympans et la boîte de vitesses hurla.

Projetée contre la portière, Antonia s'accrocha à l'accoudoir, la douleur irradia de sa cheville gonflée et écorchée.

A trente mètres, une camionnette sortit peinardement d'une rue perpendiculaire. Le conducteur devait avouer par la suite qu'il l'avait achetée en 1946 et n'avait jamais dépassé les trente à l'heure depuis deux décennies. Il vit le jaillissement de la Volvo, shoota dans les freins usés jusqu'à la corde et partit en crabe, balançant à la volée son chargement de pastèques. Elles rebondirent en rafales, éclatant sur les pare-brise, capots et toits de voiture en geysers roses.

Les premiers véhicules touchés freinèrent mais pas les suivants. Le fracas des tôles répercuté par les façades des immeubles explosa dans la rue.

Stephen vit une R5 tournoyer et un rétroviseur fusa devant lui, lancé en catapulte. Pied au plancher, ses roues avant avalèrent le trottoir, la voiture bondit. Antonia retint un hurlement et le lampadaire fonça sur elle. D'un coup de volant, Stephen l'évita en emboutissant le pare-chocs arrière. De chaque côté des portières, les passants plongèrent dans tous les sens.

L'aile arracha une longue étincelle en frottant contre le mur. Antonia, dans l'éclatement des lumières, vit le néon bleu clignoter « Commissariat ».

Stephen enfonça la pédale et dérapa, le pneu avant explosa, pulvérisant une poubelle qui se fracassa contre le mur. La fumée jaillit de la gomme brûlée et la Volvo pila devant les quatre policiers paralysés sur le seuil. Stephen bondit, ouvrit la portière arrière et, d'un coup de reins, sortit Antonia. Elle pivota dans ses bras et deux des flics dégainèrent.

Atosaki Shizuko était arrivé à Marseille l'avant-veille et se trouvait à quatre mètres. Par réflexe, il appuya sur le déclencheur de son Yoshimara 24/36 à chargeur automatique et réglage télémétrique qu'il ne quittait pas même pour dormir. La photo qu'il prit devait être dès le lendemain reprise par tous les journaux de la planète, à l'exception de *Lutte prolétarienne*. Les sommes qui lui furent versées pour ce cliché de quelques centimètres carrés lui permirent de se rendre acquéreur d'un manoir tourangeau de trente-deux pièces et d'un jet privé pour aller y passer régulièrement chaque week-end durant les quinze années qui suivirent.

Ladite photo représentait Stephen Laplanch, l'ancienne vedette de la télé, blessé au visage, tenant dans ses bras la Présidente de l'Europe dont la jambe, dévoilée et écorchée, allait devenir un fantasme sexuel pour une génération d'Européens. On devinait dans le fond deux policiers, l'arme au poing.

— Ne tirez pas, dit Stephen, cette femme est Antonia Gorbachian !

Les quatre policiers se regardèrent. Dans l'avenue, les autos se percutaient encore dans ce qui était le plus grand carambolage urbain depuis la naissance du moteur à explosion. Le chef de poste souleva sa casquette de deux doigts et fit quelques pas en direction du groupe.

— Carte d'identité, permis de conduire, papiers du véhicule, dit-il.

Antonia resserra sa prise autour de la nuque de l'homme qu'elle aimait et songea que, depuis quatre jours, les émotions de tous ordres ne lui avaient pas été épargnées. Elle décida de se laisser glisser tranquillement dans le calme ouaté d'un évanouissement.

Elle pouvait se le permettre. Elle était arrivée.

IX

Au fond de la salle, il y eut un brouhaha de chaises, et François Domignon se leva. Dans la danse des flashes et les pinceaux des projecteurs, Antonia ne put distinguer sa silhouette. Un tiers de la salle était occupé par des batteries de micros, les grappes serrées d'une vendange radiophonique montaient vers elle.

Près de là, Jossip et les autres conseillers souriaient béatement. En voyant leurs profils, elle eut l'impression qu'ils étaient heureux qu'elle soit là. Tout le monde avait l'air de l'être d'ailleurs, les indices de popularité avaient crevé les plafonds.

— Domignon, de *L'Européen*. Peut-être est-ce trop tôt pour en parler, mais avez-vous l'impression que cet enlèvement dont vous venez d'être victime va modifier quelque chose dans votre comportement, dans votre façon de voir les choses, voire dans votre conception de la politique et de la vie ?

— Je pense que tout événement survenant à un individu laisse des traces chez ce dernier, l'essentiel est qu'il sache faire bon usage de cette expérience... Quant à la politique, celle que je mène est assez claire et déterminée depuis que j'occupe la présidence, pour qu'un incident de quelques jours ne la remette pas en question... Croyez-moi, mes adversaires ne vont pas me trouver plus tendre qu'avant.

Les sourires s'accentuèrent sur le visage des journalistes. Sur la gauche, collée contre la porte, une main se leva.

— Peticoteau, de *Planeta*. Qu'avez-vous éprouvé lorsque vous vous êtes retrouvée dans les bras de Stephen Laplanch ?

— Du soulagement.

Rires. Peticoteau grimaça.

— Pourriez-vous, madame la Présidente, développer davantage ?

Antonia haussa les épaules.

— Les journaux que vous contribuez à faire avec tant de talent ont déjà relaté tous les détails de ma délivrance par M. Laplanch, et je ne peux rien vous révéler de plus. Le hasard bienheureux a voulu qu'il me reconnaisse dans la voiture des kidnappeurs, il a avec grand courage coupé la route aux ravisseurs et s'est battu avec eux pendant que je m'enfuyais... Nous avons démarré en direction de Marseille, poursuivis par les gangsters, et il a eu la présence d'esprit de s'arrêter devant un commissariat... Quant à ce que j'ai éprouvé au moment précis que vous indiquez, c'est en effet du soulagement mêlé à une grande reconnaissance. Je n'en dirai pas plus, la presse du cœur a déjà bien trop insisté sur cet aspect anecdotique des choses.

Rires.

— Certains journaux ont parlé d'amitié et de...

— Vous devriez être plus sourcilleuse sur le choix de vos lectures, mademoiselle Peticoteau... certains journaux ont parlé de fiançailles, de Jane et de Tarzan, d'amour fou, de saint Michel terrassant le dragon, j'ai même lu ce titre : « La Princesse Europe sauvée par le chevalier Télé » et « Un mariage secret » !... Je veux croire que vous-même, et tous vos confrères et consœurs présents dans cette salle, avez une conception différente du journalisme.

— Stevenson du *Times*. Ne craignez-vous pas que cette aventure dans laquelle on vous a vue dans les bras d'un homme ne modifie votre image de marque, et ne vous fasse apparaître comme plus fragile en tant que chef d'un Etat qui demande poigne et détermina...

— Excusez-moi de vous interrompre, monsieur Stevenson, et de répondre à votre question par une autre : êtes-vous marié ?

Le petit homme pâlichon remit ses lunettes et se redressa.

— Oui.

— Avez-vous l'impression d'être plus fragile et d'être un moins bon journaliste après que Mme Stevenson vous a enlacé dans un grand accès de tendresse ?

Rires.

— Le problème n'est pas le même, protesta Stevenson, les termes dans lesquels...

— Vous voulez dire par là qu'une femme dans les bras d'un homme se fragilise, alors qu'un homme dans les bras d'une femme reste de marbre, monsieur Stevenson ?

Rod Starkovicz, adjoint et voisin de Stevenson, lui pinça en douce le gras de la cuisse.

— Arrête de déconner, Bob, chuchota-t-il, on va avoir tout leur bordel de ligues féminines contre nous...

A cet instant, Angéline Bosorelli se leva. Elle n'avait pas reçu d'invitation à la conférence de presse, mais avait obtenu un sauf-conduit de dernière minute grâce à l'intervention d'un des chefs de groupe parlementaire dont elle était devenue, l'avant-veille, la maîtresse éclair, dans les vestiaires du palais, au cours d'une suspension de séance. Rousse aux paupières vertes, elle dégagea, lorsqu'elle se dressa, une telle fragrance sexuelle que la température monta de trois degrés centigrades et que James Idlewood, du très conservateur *Manchester Guardian*, desserra sa cravate en public pour la première fois de sa vie. Elle entrouvrit deux lèvres lourdes et élastiques.

— Angéline Bosorelli, rédactrice à *Love my Love*, *Amore per tutti*, *Ich liebe dich* et *Femme avant tout*. Ma question est simple : aviez-vous déjà vu Stephen Laplanch avant qu'il n'intervienne dans votre enlèvement ?

Antonia fixa la créature qui lui faisait face. Elle évalua son tour de poitrine à un mètre cinquante et celui de sa taille à quatre-vingts. Elle va tomber, pensa-t-elle, la partie supérieure va se détacher du reste.

— Je l'ai aperçu quelquefois, il y a un certain nombre d'années, dans une série télévisée.

— Puis-je vous demander comment vous le trouviez ?

Antonia prit l'air d'une puéricultrice se penchant dans la cour d'un jardin d'enfants vers un chérubin particulièrement débile.

— Je pense, si mes souvenirs sont bons, que c'était un bon acteur.

— Et en tant qu'homme ?

Dangereuse. Cette guêpe à crinière rouge était dangereuse.

— Mon Dieu, dit Antonia, je crois me souvenir également que son physique lui permettait d'avoir un public féminin particulièrement admiratif.

— En faisiez-vous partie ?

Il y eut un brouhaha... Il fallait répondre. C'était la loi du genre.

— Mes études ne me permettaient guère de suivre de près les feuilletons dans lesquels jouait M. Laplanch.

— Et aujourd'hui, comment le trouvez-vous ?

Le brouhaha devint remous de protestation.

— Sympathique, dit Antonia.

— Merci, dit Angéline.

Deux jours plus tard, sous le même montage photo représentant les visages rapprochés d'Antonia et de Stephen, *Love my Love* titrait : « Les amants du siècle », *Amore per tutti* : « Une seconde pour t'aimer », *Ich liebe dich :* « Son cœur a battu dans ses bras » et *Femme avant tout :* « Ils se sont trouvés, doivent-ils se perdre ? »

Avec un enthousiasme qui traduisait à la fois un manque total d'imagination et l'envie de voir monter leur chiffre d'affaires, la plupart des journaux commentèrent le mot « sympathique », et le décortiquèrent comme jamais il ne l'avait été. On insista sur la notion d'accord, de conformité, d'unisson, d'harmonie qu'il sous-entendait, on souligna la tonalité chaleureuse d'inclination, de bienveillance et de penchant, on cita les philosophes, les linguistes et les psychologues, en particulier Friedrich Symphorien, professeur *honoris causa* à Berlin, auteur de la célèbre formule : « La sympathie est à l'amour ce que l'être est à l'apparence, la chèvre au fromage de chèvre : il n'est pas sans elle et si elle peut être sans lui, elle tend à être lui lorsqu'elle n'est pas elle, car c'est lorsqu'il est le plus elle qu'elle est le plus lui »...

On interrogea des spécialistes des rapports humains, des coups de foudre et autres manifestations émotionnelles, et un expert en psychologie collective conclut qu'il était évident que si rien ne se produisait entre ces deux êtres, le continent européen se sentirait frustré dans ce qu'il avait de plus cher : sa conception de l'aventure amoureuse.

Extrait de l'interview de Stephen Laplanch
parue dans *Lui*

LUI : Pensez-vous que le fait d'avoir sauvé des femmes devant une caméra pendant une grande partie de votre vie vous a servi lorsque vous vous êtes retrouvé face à Antonia Gorbachian prisonnière ?

STEPHEN LAPLANCH : Je ne pense pas, le jeu et la réalité sont bien différents.

LUI : Avez-vous envie de la revoir ?

S.L. : J'en serais fort honoré, cela ne dépend pas de moi.

LUI : Avez-vous conscience d'incarner pour la plus grande partie de l'hémisphère Nord l'image du héros moderne ?

S.L. : Je trouve cela très exagéré.

LUI : Avez-vous l'intention de redevenir acteur ?

S.L. : Je n'y ai pas encore vraiment réfléchi.

LUI : Avez-vous reçu des propositions en ce sens ?

S.L. : Environ une demi-douzaine par jour. On m'a même proposé de jouer Eisenhower dans une série de trois cents heures.

LUI : Recevez-vous du courrier quotidiennement ?

S.L. : En moyenne cent quatre-vingts kilos.

LUI : On a dit qu'après votre disparition du petit écran, votre vie avait été curieuse, difficilement cernable.

S.L. : Toutes les vies sont curieuses suivant la façon dont on les examine. En fait, j'étais dans le golf.

LUI : Comme joueur ?

S.L. : Non, comme homme d'affaires. Je vendais des cannes.

LUI : Quelles cannes ?

S.L. : Les trucs... là *(geste)* pour taper dans la balle.

LUI : Les clubs ?...

S.L. : Oui, c'est ça, les clubs. Je vendais des clubs.

Extrait censuré de l'interview de Carla Nelgarondo
à Radio Europe IV
dans l'émission « Nos amis sont nos idoles ».
Enregistré en différé
sept jours après les événements

RADIO EUROPE IV : Vous étiez donc assez liés à cette époque ?

CARLA : Eh là, ma p'tite, n'essayez pas de me tirer les vers du nez, vous ne m'aurez pas comme les pétasses que vous invitez d'habitude, tout dépend de ce que vous entendez par « liés »... Si vous voulez dire par là qu'on couchait ensemble, je peux vous apprendre qu'il gardait ses rangers dans le plumard une fois sur deux.

RADIO EUROPE IV : Etait-il... comment exprimer cela... avez-vous senti ou pressenti à certains moments la qualité d'homme qu'il était réellement ? Employons un mot désuet : la chevalerie de...

CARLA : Il ne m'a jamais sauvé la vie, si c'est ça que vous voulez dire, l'occasion ne s'en est pas présentée pour moi, ce n'est pas comme la... l'autre là... comment déjà ?

RADIO EUROPE IV : Antonia Gorbachian.

CARLA : Gorbachian, c'est ça... Disons que je ne me suis jamais fourrée suffisamment dans le pétrin pour qu'il ait eu à m'en sortir, je ne sais pas d'ailleurs s'il l'aurait fait, les hommes sont tellement froussards...

RADIO EUROPE IV : Même lui ?

CARLA : Ma p'tite, quand vous aurez autant d'heures de vol que moi, vous aurez une opinion un peu différente sur cette espèce animale.

RADIO EUROPE IV : Avouez que vous étiez sans doute un peu amoureuse de lui...

CARLA : Avec trois bouteilles de Veuve-Clicquot dans le cornet, à quatre heures du matin et éclairage indirect, j'ai dû parvenir un jour à le trouver supportable.

RADIO EUROPE IV : On sent une réelle amitié pour lui sous la rudesse volontaire du propos. Avez-vous un message à lui transmettre par la voix des ondes ?

CARLA : Salut Stevy, n'oublie pas ta vieille tantine. Si tu passes à la maison, t'as toujours ton costume de dingue qui t'attend dans la penderie. Vous tenez absolument à emporter cette bouteille de gin pour la mettre sur vos notes de frais et la finir chez vous ou je peux en avoir encore un verre à moutarde ?

RADIO EUROPE IV : Merci, Carla Nelgarondo, pour votre témoignage.

Extrait d'un enregistrement magnétique
resté confidentiel
entre le ministre de l'Intérieur européen,
un haut responsable de la police française
des tractations financières
en matière de prise d'otages, et Al Bedwards

MINISTRE : Votre supérieur affirme que vous lui avez assuré que l'organisation ayant enlevé la Présidente était à la fois structurée au millimètre et d'un sang-froid à toute épreuve. Est-ce exact ?

AL BEDWARDS : Le personnage à qui j'ai remis l'argent était en effet très sûr de lui.

RESPONSABLE POLICE : Vous a-t-il paru armé ?

BEDWARDS : A mon avis non, cela dénotait donc de sa part encore plus d'aplomb et d'assurance.

MINISTRE : Est-ce lui qui vous a demandé de lui remettre la somme fixée ?

BEDWARDS : Non... *(un temps)* cela n'a pas dû lui paraître nécessaire.

RESPONSABLE POLICE : A-t-il fait allusion au rapt de la Présidente ?

BEDWARDS : Euh... *(un temps)* pas directement.

MINISTRE : Avez-vous été menacé à un moment quelconque ?

BEDWARDS : Non.

MINISTRE : Qu'a-t-il dit exactement lorsque vous lui avez remis les sacs ?

BEDWARDS : Il m'a dit « merci ».

RESPONSABLE POLICE *(murmure inaudible où l'on devine « Jésus, Marie, Joseph » et différents noms de saints de l'Eglise catholique).*

MINISTRE : Il n'a rien dit d'autre ?

BEDWARDS : Il a ajouté que c'était trop gentil et qu'il ne savait pas s'il devait accepter.

RESPONSABLE POLICE *(hurlant)* : Et ça ne vous a pas mis la puce à l'oreille ?

BEDWARDS : Quelle puce ?

(On entend des gémissements et une série de coups sourds, comme si quelqu'un se tapait la tête contre les murs.)

MINISTRE : Calmez-vous, Alvarez, je vous en prie.

BEDWARDS : Excusez-moi de vous poser la question, mais est-ce qu'il y a quelque chose qui ne va pas ?

(Les coups sourds reprennent plus violemment.)

La suite de la bande est à 90 % inaudible, étant donné la saturation des micros et la violence des cris ; on devine simplement deux remarques de Bedwards : « Comment ça il n'avait rien à voir avec l'enlèvement ? », et plus tard : « Je rembourserai s'il le faut, vous retiendrez sur mon salaire. » C'est à ce moment que la bande disjoncte.

— Entrez, Vandan.

Le conseiller pénétra dans le bureau présidentiel et elle leva sur lui des yeux fatigués. Moins d'une semaine d'absence et, pourtant, un énorme retard s'était accumulé, elle n'en finissait pas de régler les dossiers en attente.

Avec toutes les précautions d'usage, Stephen lui avait téléphoné la veille : il était harcelé par des meutes de photographes, de journalistes et de producteurs. Des femmes avaient tenté de lui arracher son tee-shirt dans le hall de son hôtel, il avait perdu une chaussure dans la bagarre. C'était intenable, le téléphone sonnait toutes les dix secondes, 95 % des appels étaient d'ordre pornographique. Toutes voulaient qu'il les sauve elles aussi... Elle l'avait senti au bord de la dépression nerveuse. Des collégiennes en cartable-sac à dos et à Rimmel renforcé campaient sous ses fenêtres. « Elles en sèchent les cours, Antonia, leurs profs sont obligés de venir les chercher, avait-il gémi. Même du temps du Baroudeur, je n'avais pas connu ça... » *Le Nouvel Obs* entamait une enquête sur l'attrait de la différence d'âge dans la vie amoureuse.

Elle l'avait consolé, mais impossible de le voir ; une chaîne internationale de télévision câblée avait été jusqu'à leur proposer de faire un cliché, un seul, où ils seraient ensemble... On avait offert pour cela une somme équivalant au budget annuel d'une quinzaine d'Etats africains, plus deux pétroliers de fort tonnage.

Elle-même sentait jusqu'à l'intérieur du palais une curiosité, une attente chez ses collaborateurs les plus proches.

Vandan s'assit sur le large fauteuil de cuir et son œil circulaire d'échassier vint se fixer sur le visage d'Antonia.

— Vous êtes mal en point, remarqua-t-il.

— Qu'est-ce que vous entendez par là ?

Vandan croisa les doigts et prit un air de prophète.

— La campagne présidentielle européenne est ouverte, dit-il, elle l'est en fait depuis plus de trois mois. Vous l'avez démarrée en fanfare, votre rapt n'a laissé aucune chance à vos adversaires, mais...

Antonia chercha machinalement une cigarette dans la poche de son tailleur mais n'en trouva pas... Stephen, Stephen, dans quoi nous sommes-nous fourrés... j'aurais dû rester devant les vagues opales de la mer de Hollande, nous serions ensemble à cette heure, nous gambaderions dans les dunes au lieu que je parade derrière ce bureau, tandis que des hordes de tigresses t'arrachent tes chaussures, mon pauvre amour.

— Mais l'enthousiasme suscité par votre aventure

retombera aussi vite qu'il est né, il retombe d'ailleurs déjà.

— Impression toute subjective, dit Antonia ; les indices de satisfaction n'ont jamais été aussi hauts.

— Pas ceux de ce matin...

Elle tendit la main et prit la feuille de carnet qu'il lui tendait. Depuis l'avant-veille, elle avait baissé de 0,7.

— Qu'est-ce qu'ils veulent, que je me fasse enlever tous les huit jours ?

Vandan eut une moue inquiétante.

— Si j'étais le conseiller d'un autre candidat, j'axerais ma campagne sur le fait qu'un kidnapping laisse des traces, que le battage soulevé par cet événement laisse également des traces et que l'on ne peut pas confier la direction de l'Europe à quelqu'un qui se laisse photographier, à demi nue, dans les bras d'un homme.

— Je vous en prie, Vandan.

— Ce qui est exaltant pour les midinettes est rédhibitoire pour les électeurs, n'oubliez pas cela.

Elle frotta ses paupières.

— Il vous arrive de ne pas avoir complètement tort, poursuivez.

Vandan se frotta les paumes l'une contre l'autre. Il en résulta un bruit de planche rabotée, et elle s'étonna de ne pas voir tomber de la sciure sur la moquette.

— J'ai des informateurs : une rumeur va être lancée, elle prétendra que vous vous êtes fait enlever volontairement pour faire grimper les sondages.

— Je suppose que ce genre de chose est inévitable dans l'univers politique ?

— Totalement inévitable.

— Parfait, dit Antonia, s'il faut se battre, je me battrai. Quelle proposition avez-vous à faire ?

Vandan haussa les épaules. Apporter la solution à un problème n'avait jamais été son fort et, depuis l'histoire du manteau offert à la mendiante, il avait une nette tendance à se réfugier dans une totale expectative. Il tourna sept fois sa langue dans sa bouche de gauche à droite, sept fois de droite à gauche, recommença en sens inverse et articula :

— Je crois qu'il serait souhaitable d'attendre.

— Merci, dit Antonia, j'ai toujours été frappée par la netteté de vos conseils et la force de vos engagements.

Elle se leva, contourna l'immense bureau et résista à l'envie de jeter un objet lourd et de préférence précieux à travers la baie vitrée. Cette envie réprimée, elle commença une impressionnante série d'allers-retours sur la largeur de la salle. Vandan avait vu quelquefois cela chez les grands fauves, le long des grilles épaisses des zoos, et n'en augura rien de bon.

— Il me serait facile de jouer au petit jeu des rumeurs, dit-elle, en mettant trois enquêteurs sur chacun des candidats présidentiels, ce serait bien le diable si on n'arrivait pas à trouver quelque chose à monter en épingle. En visant le fisc, le sexe, la bouteille ou le rail de coke, ce serait étonnant que je ne les transforme pas tous en escrocs, pédophiles, alcooliques ou cocaïnomanes. Mais je ne jouerai pas à ce jeu-là.

Elle s'arrêta au centre de la baie et contempla la cité. Les toits brillaient encore de l'averse récente, les ardoises tournaient au mauve et se resserraient sur les collines de la haute ville autour des flèches de la cathédrale.

Je suis la reine solitaire d'un royaume qui sombre dans la nuit... Les mers, les villes, les plaines et les montagnes. Peut-être est-ce l'Europe, là, dans le soir qui vient...

J'ai fait tant de discours, sur toi, pour toi, j'ai parlé de Heine et des forêts d'Allemagne, de Dante et des cyprès de Toscane dans le matin d'Italie, de Shakespeare et des brumes sur la bruyère d'Ecosse en septembre, de Cervantès et des monts d'Aragon, des horizons de France, de la Loire aux pâles châteaux, j'en ai tant dit, tant fait que c'est à toi de m'aider, je t'ai servie, je t'ai vantée, j'ai fait à ton profit les agences de voyages, renvoie-moi l'ascenseur, j'en ai besoin, tellement...

Elle se retourna. Vandan attendait toujours.

— Ne vous inquiétez pas, dit-elle, je vais gagner ces élections, et vous savez pourquoi ?

— Non.

— Parce que je ne chercherai pas à battre mes adversaires. Bonne soirée, Vandan.

Elle le regarda partir et resta un moment à rêver. Lorsqu'elle fit tourner son fauteuil, le décor de la ville s'était éclairé et le voyant du téléphone intérieur clignota.

« Les membres du Comité de juridiction internationale n'auront pas fini de siéger avant dix-huit heures trente, dit Indira, ils demandent un report de leur rendez-vous à dix-huit heures quarante-cinq, voyez-vous...

Antonia pianota sur l'agenda électronique.

— Cela décale tout d'une demi-heure, prévenez les suivants.

Elle se trompait : le retard ne fut pas d'une demi-heure mais d'une heure quinze car des difficultés inattendues surgirent, concernant les traités économiques avec le Portugal, et deux avenants durent être mis à l'étude. Lorsque la porte se referma sur son dernier visiteur, Antonia consulta la pendule murale : pour la première fois, elle avait oublié son rendez-vous téléphonique avec Stephen.

Un appareil l'attendait à l'héliport situé sur le toit du palais : dans trente minutes elle inaugurerait la saison de l'Opéra de Bruxelles. Le rideau ne se lèverait pas sans elle... elle avait juste le temps d'enfiler une robe de soirée et de bondir dans l'ascenseur.

Elle se rua dans ses appartements. Elle l'appellerait plus tard. Demain.

Emmanuel Félix replia sa jambe gauche sous ses fesses et s'assit sur son mollet. Il pratiquait cette technique depuis plus de quarante ans, elle lui permettait de gagner une bonne dizaine de centimètres. Indira commanda un Welcome Challenger IV avec supplément de chantilly et s'enfonça dans les coussins de cuir rouge de l'European. Il était difficile de trouver un bar qui ne s'appelât pas l'European.

— Vous avez l'air en forme, Félix.

— J'ai décidé de m'empâter, dit-il, Stephen m'a filé de l'argent et a rempli pour moi des papiers de retraite, j'ai commencé à toucher et, du coup, j'ai laissé tomber la ferraille, les pneus, et je me balade.

— Où allez-vous ?

— Partout, et à pied. Le plus dur, c'est d'éviter les autoroutes. Cette année, je vais faire la Grèce et l'Italie. Ça va me prendre six mois.

— C'est bien, dit Indira.

Son œil gauche dériva doucement sur la droite, barque portée par le courant. Félix se tortilla sur son mollet et avala une lampée de bière. Un garçon apporta à Indira une sorte de soupière en forme de fusée porteuse contenant un demi-litre de boules de glace ornées d'amandes pilées, de chocolat chaud, de crème pâtissière, d'angélique, de vanille, de cacahuètes grillées, de pop-corn caramélisé et de drapeaux des quatorze nations. Il alluma une petite mèche et de faux pruneaux éclatèrent, libérant des confettis lumineux qu'elle regarda monter et retomber avec une infinie tristesse.

— Le modèle au-dessus comporte une capsule détachable, dit-elle d'une voix morne, c'est bourré de pain d'épice à la nougatine.

— Vous auriez dû prendre ça, dit Félix.

— J'aime pas trop la nougatine, voyez-vous.

— Je comprends, dit-il.

Il but une autre gorgée pour se donner une contenance et sentit que le malaise s'installait. Pourtant, la secrétaire avait fait un bel effort de maquillage, et ce ne pouvait être que pour lui. Elle s'était fait des joues rouges et des ongles assortis. Bon signe.

— Comment se porte Mme Antonia ?

Indira hocha la tête et piocha dans la soucoupe de lancement, décapitant Challenger d'un coup.

— Mal. Tout le monde est à cran. Ça s'effondre autour d'elle. Personne ne peut suivre un pareil rythme. Elle s'est mise à dicter jusqu'à quatre lettres à la fois...

Emmanuel Félix eut une grimace sentencieuse.

— Elle est malheureuse, dit-il, et elle cherche à aller plus vite que le malheur...

Indira jeta un regard circulaire. Le bar était presque désert. Malgré cela, elle se pencha vers l'ex-cascadeur.

— Mr Laplanch est parti, dit-elle, cela va faire bientôt huit jours, voyez-vous...

Félix soupira.

— C'est l'amour, dit-il. Ça, je m'y connais, quand les gens commencent à s'en aller, ça veut dire que c'est l'amour.

Indira fronça les sourcils.

— Comment ça se fait que vous vous y connais-siez comme ça, vous ?

Félix sentit ses oreilles chauffer.

— Cette bière est infecte, dit-il, vous pouvez me refiler un peu de votre truc ? Vous ne finirez jamais toute seule, et j'aime pas voir gaspiller, et en plus vous allez prendre des kilos.

Elle eut un léger sursaut crapaudin.

— Vous me trouvez trop grosse ?

— C'est la limite, dit-il.

Elle poussa son assiette vers lui sans le quitter de son œil méfiant.

— Pourquoi êtes-vous parfois désagréable ?

— Ça m'arrive toujours quand on parle d'autre chose que des choses qu'on devrait parler.

— *Dont* on devrait parler.

— Que des choses dont on devrait parler. D'accord.

— Bon, alors, on devrait parler de quoi ?

Félix trempa la cuillère dans la crème glacée et tourna avec vigueur.

— A vous de trouver, dit-il, moi j'ai parcouru six cent soixante-quatorze kilomètres pour venir vous voir, et j'estime que j'ai fait le plus gros. Ça fait vingt-trois jours que je marche.

— On a inventé le chemin de fer, voyez-vous, dit Indira, c'est un renseignement qui peut toujours vous être utile.

— J'y réfléchirai, dit-il, mais ça n'avance pas notre problème.

Elle tira à nouveau l'assiette vers elle et enfourna une cuillère de crème hypersucrée.

— On est des seconds rôles, c'est comme dans les pièces qu'on apprend à l'école : il y a les seigneurs qui font palpiter et pleurer la salle parce que ça ne s'arrange pas pour eux, et il y a leurs serviteurs, et leurs histoires, tout le monde s'en fout, ou alors ça fait rigoler parce qu'ils ne sont pas très intéressants et qu'ils n'ont pas le physique, voyez-vous...

— Qu'est-ce que ça veut dire qu'ils n'ont pas le physique ? siffla Félix.

Indira comprit qu'elle allait se mettre à trembler et prit les devants.

— Ça veut dire qu'ils sont trop petits comme vous et trop moches comme moi pour qu'on arrive à croire à la force de leurs sentiments, voyez-vous...

— Je ne suis pas trop petit, dit Félix, j'ai doublé Nicholson dans...

— Il n'est pas très grand, et vous avez bien dit le mot qu'il fallait, vous êtes une doublure, et moi je suis secrétaire.

— Je vous aime, hurla Emmanuel Félix de Chassé-Bouilland, alors fermez-la ! et puis arrêtez une bonne fois pour toutes de dire « voyez-vous » à tout bout de champ !

Elle leva les bras comme dans un hold-up.

— D'accord, dit-elle, ne le prenez pas comme ça ! A la maison, j'ai un reste de choucroute et de la bière au frigo.

— Pas trop tôt ! J'ai cru que vous ne vous décideriez jamais.

Il se leva et laissa un billet sur la table. Elle eut un soupir.

— C'est vrai que vous n'êtes pas grand, constata-t-elle.

Elle le regarda avec tendresse.

— Je ne crois pas qu'il puisse exister quelque chose de plus laid que vous, voyez-vous.

Elle lui sourit et lui prit le bras.

— Je peux loucher volontairement, dit-elle.

Il se sentit le plus heureux des hommes.

— Plus tard, dit-il, au dessert.

Dehors, le vent avait fraîchi, les jours frisquets viendraient vite à présent, mais cette fois, Indira n'en éprouvait aucune tristesse, elle avait Emmanuel Félix près d'elle... Cela lui fit penser à Antonia. Elle était seule à nouveau, la vie avait repris. Elle n'avait pas l'air très heureuse ces jours-ci, mais pour elle, la page semblait tournée. D'un commun accord, elles n'avaient plus évoqué la semaine folle, le nom de Stephen n'était plus prononcé. Il y avait eu trois rendez-vous remis en catastrophe ; la campagne présidentielle démarrait officiellement, elle avait dû partir deux fois : un voyage officiel à Prague, deux jours à Oslo pour l'inauguration d'un centre d'études géophysiques européen. Antonia Gorbachian ne s'appartenait plus, il n'y avait plus de place pour autre chose que l'Europe, un continent barrait la route à Stephen Laplanch, il n'avait pas insisté...

Elle frissonna et sentit soudain sur ses épaules la veste du cascadeur.

L'automne arrivait mais cela n'avait vraiment aucune importance...

« Je me suis installé à Armadale, dans les bruyères. Je n'ai pas eu le temps de te dire que c'était là que j'étais né, aussi écossais que Johnny Walker et le Loch Ness. De la maison, je vois la mer, verte comme les volets des fermes dans les Highlands. Les plages ici, à l'inverse des autres pays, entrent dans les terres au lieu de s'étaler devant, c'est déjà de l'avarice, c'est un pays qui se recroqueville. Le village est célèbre pour son restaurant, il n'existe pas un lieu au monde où l'on mange plus mal, j'y suis allé hier soir, j'ai pris du glencodayle, un magma de chou à la bière et de chair à saucisse. Je survis avec du bicarbonate.

« Voilà, j'avais envie de t'écrire et je ne sais plus trop bien que te dire, il est vrai que cela fait des années que je n'ai pas pris un stylo autrement que pour signer une addition ou pour faire des mots croisés. »

Antonia posa la lettre sur ses genoux repliés.

Deux heures dix-sept du matin. Ce devait être la même chose là-bas, à une heure près... Il lui avait parlé de cette maison une fois à Eijerdansee. Il y avait passé l'enfance avant les études à Aberdeen et le départ pour l'Amérique. Il ne fallait pas lire trop vite pour ne pas gaspiller, pour tout craindre et tout espérer.

« Le calme est revenu, je laisse sonner le téléphone et une seule nouvelle m'est parvenue : la série du *Baroudeur* repasse sur une douzaine de chaînes, les dollars vont affluer, je vais donc faire réparer le toit et acheter de nouveaux plants. J'ai décidé de devenir jardinier, on m'a dit que la carotte venait bien et que, malgré une exposition défavorable, je pouvais oser l'endive, voire l'artichaut. C'est évidem-

ment tentant, mais n'est-ce pas un peu trop auda-
cieux ?... En tout cas, je lis sur ces problèmes des
livres fort édifiants. Il a fait beau ces derniers jours
et le soleil n'arrive pas à sortir du ciel, il traîne des
heures au ras des îles, interminablement. En ce
moment même, il renâcle en véritable Ecossais,
peut-être l'entrée de l'autre côté de l'horizon est-elle
payante... De toute façon, les collines sont vert et
bleu, et c'est le temps des promenades. »

« Un voisin m'a prêté un cheval et j'ai poussé à
l'intérieur des terres, je ne me rappelais pas combien les barrières étaient blanches et les landes
dorées. C'est un pays large et venté qui sent la naph-
taline, les plantes ici ont une saveur si amère et si
violente que les vallées balayées par les bourrasques
d'automne ont des odeurs d'armoires de grand-
mère. Je ne m'ennuie pas, j'ai scié du bois pour
l'hiver, et l'incessant travail qui consiste à tenter de
t'oublier m'occupe énormément. Je suis de près, à la
télévision, l'ouverture de ta campagne, je pense
d'ailleurs que je voterai pour toi, bien que mon opinion ne soit pas définitivement arrêtée. J'imagine
l'immense charivari que cela représente autour de
toi... Tu vas gagner, je le crois fermement. »

Oui, je vais gagner, je le sais, je suis tellement
décidée à me battre... j'ai plus de force qu'avant, et
c'est à toi que je le dois... Ils croient tous que je me
bats pour imposer une certaine politique alors que
je n'ai qu'un désir : qu'au bord d'une mer froide un
homme m'admire et galope dans les herbes hautes
sans réussir à chasser de sa tête ni mon visage ni
mon corps. Oublier, Stephen, ce n'est pas un travail,
c'est une mort qui nous vient, un lambeau de belle
vie qui s'effiloche, oublier c'est être moins vivant...

Il n'y avait rien de plus silencieux que cette pluie
qui s'était mise à tomber. Devant elle, les gouttes
glissaient, traçant sur les vitres un réseau diagonal.
Cela ne durerait pas, les grandes ondées viendraient
plus tard, dans quelques mois, à l'orée de l'hiver.

Elle écarta sur le drap les dossiers qu'elle avait emportés et qu'elle ne lirait pas... Il restait quelques lignes encore.

« On m'a rappelé que l'hiver en ces contrées était long et brumeux. C'est vrai que j'ai dans mes souvenirs d'enfant des courses à travers des plaines cotonneuses et des morsures d'engelures, mais cela n'a pas d'importance, j'attendrai que revienne le printemps. Une légende dit qu'il vient un matin et qu'une épée géante, sortie du ciel, fend les brumes entre Duncansby et Cape Wrath, alors les fleurs renaissent et les ruisseaux coulent à nouveau sous les dernières neiges. A mon avis, tu devrais faire un tour à Armadale. Quelle que soit la saison, le whisky y est bon, j'ai conservé quelques vieilles bouteilles au cas où... Si tu te laissais tenter, il ne serait pas utile de prévenir, je laisse toujours la barrière ouverte et, même si les années passent avant que tu ne te décides à faire le voyage, pense que je serai toujours là. »

Antonia Gorbachian se laissa aller en arrière et sa tête creusa l'oreiller. Malgré la faible lumière qui n'atteignait qu'à peine les portes-fenêtres, il lui sembla que la pluie venait de cesser.

X

Indira remonta d'un trot lourd l'avenue Winston-Churchill. Son survêtement vert à manches rouges et jambes bleues alternées tranchait sur le jaune du col et le rose des poignets. Elle ahana en tentant de garder la bouche fermée comme le conseiller gymnique le lui avait appris, et manqua exploser. Sa course quotidienne et un régime suivi depuis plus d'un mois, composé d'eau de source, de pissenlits sans sel et de soupe froide de potiron, lui avaient fait perdre trente grammes et gagner des hallucinations. De façon inopinée, des choucroutes géantes surgissaient des murs et, bien que plus rarement, des tournedos Rossini ou des entrecôtes au vin rouge, ces dernières apparaissant surtout dans l'ascenseur de la présidence, sans doute à cause de la couleur du revêtement mural.

Il y avait aussi le rêve des moules marinière qui la réveillait : chaque nuit, elle passait la commande à Emmanuel Félix. Elle se dressait en sueur et il la suppliait alors d'arrêter cette torture mais n'osait insister, sachant que c'était pour lui qu'elle vivait ce calvaire.

— Je ne vois pas pourquoi tu cherches à être plus mince alors que tu n'es pas grosse.

— Il n'est pas nécessaire d'être grosse pour vouloir être mince, marmonnait-elle.

— Mais puisque tu es déjà mince, ça prouve bien que tu n'es pas vraiment grosse !

— Je ne suis pas grosse mais je suis potelée, vois-tu...

Elle se blottissait contre lui, dormait une demi-heure et repassait une commande de moules marinière avec muscadet d'une voix fiévreuse et pressée.

Ce soir-là, les rues étaient vides et les trottoirs brillaient de la pluie tombée tout au long de l'après-midi. Elle courait en longeant les façades pour éviter les geysers projetés par les voitures roulant au bord des caniveaux. Arrivée au carrefour de la Fontaine-Saint-Georges, elle s'arrêta au feu vert et se mit à sautiller sur place. Encore un conseil de ce crétin de prof. On verrait ce que deviendraient ses biscottos à celui-là s'il était voué, comme elle, aux potirons-pissenlits...

C'est à ce moment-là que les profiteroles surgirent.

Elles bouchaient la rue. Le bas de la ville nageait dans le chocolat fumant. C'était la première fois qu'elle les voyait, celles-là.

Ou ceux-là.

Qui savait si les profiteroles étaient masculins ou féminins ? Ils avaient l'air féminins mais il ne fallait pas s'y fier. De toute façon, tout le monde s'en foutait puisqu'on en parlait toujours au pluriel. « Je voudrais des profiteroles. — Combien, madame ? — Cinq cents ! » Elle régurgita deux litres de salive. Le feu passa au rouge et elle traversa avec la sensation que sa foulée devenait de plus en plus étriquée. Les profiteroles avaient disparu, il ne restait qu'une mare de vanille fondue sur les marches du palais de Justice. Indira poussa la grille à la limite de l'épuisement et grimpa les deux étages à quatre pattes. Encore un conseil éclairé des techniciens de « Ligne jeune ». La brochure le précisait : « Surtout, évitez les ascenseurs, profitez de l'escalier pour dérouiller mollets, fessiers et adducteurs... » Pendant trois jours, elle avait considéré chaque escalier comme une aubaine mais elle commençait à leur vouer une haine mortelle.

Elle huma l'air et éprouva un léger haut-le-cœur. Il y avait autre chose qu'elle commençait à haïr. Le potiron. L'odeur fade envahissait déjà le palier. Félix avait dû en faire cuire plusieurs tonnes. Un jour, les voisins allaient se plaindre. Impossible d'échapper au parfum morne, vaguement sucré, sorte de compromis entre le navet douceureux et la betterave mollassonne. Bientôt, la ville serait envahie de cette rosâtre et aqueuse compote. Elle réprima un frisson et sonna.

En tablier-cuisine et sourire engageant, Emmanuel Félix ouvrit, la prit dans ses bras, soupesa et la remit à terre.

— Ça y est, dit-il, la fonte des graisses est amorcée.

Indira se traîna à la salle de bains et s'installa sur le pèse-personne. Incrédule, elle fixa l'aiguille : depuis la veille, elle avait repris une bonne vingtaine de grammes.

— J'ai dû forcer sur le pissenlit, gémit-elle.

Harassée et le moral glauque, elle s'enfonça dans les coussins du divan, incapable de bouger un seul doigt. La pendule digitale du dessus de cheminée sauta une minute. Vingt heures vingt-huit.

— Bon Dieu, Antonia !

Elle rampa jusqu'au boîtier de commande à distance et le visage d'Antonia Gorbachian bondit, plein cadre au milieu de la pièce.

La Présidente sortante achevait de présenter son programme. Il lui restait un peu moins de deux minutes pour conclure. La campagne électorale était traditionnellement ouverte par le candidat en exercice. Indira inhala une bouffée stagnante de citrouille trop cuite et monta le son.

« Voici donc, brièvement exposés, les thèmes essentiels de mon programme. Je n'y reviendrai pas car vous les connaissez tous, ce sont ceux qu'ensemble nous avons commencé à réaliser durant mon premier mandat. L'Europe s'est ouverte sur les nations non européennes, notre politique d'aide au tiers-monde s'est développée, nous avons donné l'exemple de ce que pouvaient être un arrêt prudent de la course aux armements et l'affermissement d'une monnaie solide. L'inflation est jugulée, la priorité donnée à l'éducation commence à porter ses fruits dans le secteur de l'économie : pour la première fois depuis plus d'un quart de siècle, le chômage est en stagnation. Tout cela, c'est à nous, à nos efforts communs que nous le devons. »

— Tu ronronnes, ma vieille, soupira Indira.

Félix apparut à la porte du salon. Sur le plateau, entre deux biscottes sans sel, le bol de soupe claire laissait échapper les volutes effilochées d'une fumée grisailleuse.

« Tout cela n'est pas nouveau, songeront certains, mais la nouveauté n'est pas une qualité en soi, ce que notre siècle semble vouloir croire parfois. Je serai la candidate de la continuité plus que celle de l'innovation, préférant privilégier la sécurité au spectacle. »

— Quand je pense que j'ai pratiquement jeté cette femme dans un ravin, murmura Félix.

Il vint s'asseoir près d'Indira qui tournait mélancoliquement sa cuillère dans sa morne soupe.

— Elle a l'air assez en forme.

La secrétaire hocha la tête.

— C'est le maquillage... elle travaille trop... en dessous, elle a une tête de déterrée.

« Et ce n'est pas pour céder à ce soi-disant besoin de nouveauté dont les sociétés actuelles seraient friandes que je vais ce soir vous annoncer une nouvelle. »

La caméra recula. Antonia Gorbachian portait un corsage vert à manches gigot. Indira saliva et arrêta de tourner son potage.

— Il était temps, dit-elle, les trois quarts de l'Europe allaient se mettre à ronfler.

Félix se pencha.

— Ecoute...

La Présidente sourit et la caméra zooma sur les yeux clairs.

— Je l'avais déjà remarqué, souffla Félix, dès qu'elle sourit, elle a les yeux bleus, ça redevient gris après. Je me demande comment elle arrive à faire ça...

— Des années d'entraînement. Laisse-la parler.

« Il est bon, dit Antonia, que les électeurs sachent quelles sont les grandes directions idéologiques d'un candidat, qu'ils connaissent ses options et les moyens qu'il entend employer pour y parvenir, mais en dehors de tous ces éléments théoriques, je pense qu'il est souhaitable qu'ils sachent aussi qui est la personne du candidat, car si vous votez le 16 novembre pour un programme, vous voterez aussi pour un individu. »

Les mains de la Présidente plièrent les deux feuillets qu'elle tenait devant elle sur la table et dont elle ne s'était pas servie.

Indira replia les jambes sous elle et le plateau vacilla.

— Elle mijote quelque chose, dit-elle, et elle ne m'en a pas parlé !

« Mon programme est et restera, je vous l'ai dit, celui que vous connaissez, mais le changement est ailleurs, il concerne ma personne. »

Emmanuel Félix se leva.

— Attention, dit-il, si c'est ce que je crois, je tente le saut périlleux arrière sans élan.

« Je vais me marier », dit Antonia.

Emmanuel Félix plia sur les mollets, s'éleva d'un coup de reins et retomba sur une table polychrome chargée de terres cuites précolombiennes.

Sur l'écran, les yeux devinrent à nouveau outre-mer.

« Comme il y a de fortes chances pour que l'événement ne passe pas inaperçu, j'ai préféré vous en avertir directement, cela m'a paru à la fois plus simple et plus honnête. J'épouse tout simplement l'homme qui m'a sauvée : Stephen Laplanch. »

Indira déposa avec soin son bol sur la moquette et fixa le désordre : Chassé-Bouilland se massait les fessiers avec inquiétude, le plus gros fragment de statuette ne dépassait pas le demi-centimètre carré...

— Tu veux que je te pardonne ?

Il hocha la tête affirmativement avec une grande humilité.

— Emmène-moi au restau, dit-elle, je veux une choucroute, des moules marinière et une entrecôte Bercy.

— Tu comptes prendre un dessert ?

— Des profiteroles.

« Le temps des élections est aussi celui des promesses, et nous savons qu'elles ne sont pas toutes tenues ; pourtant je vous en fais une à mon tour, ce soir, solennelle : si une femme a pu diriger le destin de l'Europe, une femme heureuse le pourra également, et avec encore plus de foi et de détermination. Je vous souhaite une excellente soirée. »

Et c'est ainsi qu'Indira abandonna son régime et perdit sa collection de spécimens d'art maya.

Ce même soir, l'Europe se coucha tard. Des rives des fleuves portugais aux frontières d'Allemagne, l'événement fut commenté dans les ménages, les familles, les bistrots et les salles de rédaction. Hans Wilfrid Barner et Cesare Comorelli, les deux candidats les plus dangereux à la succession d'Antonia, échangèrent un coup de fil fataliste.

— Vous avez entendu, Hans ?

— Oui, Cesare.

— A mon avis, et jusqu'aux noces qui vont certainement, et comme par hasard, coïncider peu ou prou avec la date du scrutin, les journaux parleront plus d'elle que de nous.

— Sans aucun doute, Cesare.

— Elle a su créer l'événement, ce n'est pas niable.

— Certes, Cesare.

— Et celui qui crée l'événement fait parler de lui, et celui dont on parle est élu.

— Vous avez raison, Cesare.

— Ça ne vous ferait rien de ne plus m'appeler Cesare tout le temps ?

— Vous ne vous appelez pas Cesare ?

— Si, mais ce n'est pas une raison.

— C'est au contraire la seule, pourquoi vous appellerais-je Cesare si vous ne vous nommiez pas ainsi ?

— D'accord, Hans. En tout cas, il faut trouver une parade, ce sera difficile car cette salope, en parlant mariage, s'est adressée au cœur et au sexe, points forts de la nature humaine. Voyez-vous quelque chose que nous puissions faire en ce domaine ?

— Epousez-moi, Cesare.

Comorelli, qui tentait depuis trente ans de cacher des pratiques homosexuelles tendance cuir, eut une grimace.

— Ne plaisantons pas. On pourrait essayer de la kidnapper mais ça a déjà été fait. Cette fille a toutes les chances.

— Et si je me faisais opérer de l'appendicite, Cesare ?

— Cela m'étonnerait que vous souleviez l'enthousiasme des foules avec ça. Si vous arriviez à en tirer quatre lignes en quinzième page, vous auriez de la chance.

— Alors, que faisons-nous, Cesare ?

— Je me demande si je ne vais pas aller à la pêche sur les bords de l'Arno.

— Le fleuve est bien pollué, Cesare.

— Je m'en fous, j'ai horreur du poisson, je rejette

178

mes prises, c'est uniquement pour le sport. Vous joindrez-vous à moi ?

— Je pense que c'est tout ce qui me reste à faire, soupira Hans Wilfrid Barner. Bonne nuit, Cesare.

Ainsi disparurent de la scène politique les deux principaux adversaires d'Antonia Gorbachian.

Le comte Jeremiah F. Proctor entra par la porte à deux battants qui s'ouvrait sur la bibliothèque du château.

Dans la rotonde centrale, les lourds in-folio montaient jusqu'aux lambris des plafonds. La plupart étaient des parchemins d'incunables, sauvés de l'incendie qui avait détruit l'aile gauche de la chapelle en 1422. Les moines avaient pu s'enfuir et sauver la plupart des œuvres. Seul l'œil exercé du comte savait découvrir dans la rousseur imperceptible d'une reliure, ou la marque sombre ternissant l'or fin d'une enluminure, la trace des flammes anciennes.

Frieda Alexandra Proctor se leva brusquement dès l'apparition de son père, et une lueur angoissée emplit ses yeux pâles.

— Vous êtes à l'heure, Frieda, dit le comte, la ponctualité est une qualité qui se perd, et c'est regrettable.

— J'étais là depuis dix minutes, balbutia la jeune fille, je n'aurais pour rien au monde voulu...

— C'était une erreur, coupa Proctor, être en retard est le propre d'une âme négligente, être à l'heure celui d'une âme forte, être en avance est signe de pusillanimité. Que désirez-vous de moi ? Parlez clairement.

Frieda Alexandra avala sa salive. Tout dans son visage, de son front pâle à son menton fuyant, dénotait une absence totale de caractère.

— Je vais essayer, dit-elle, je voudrais...

Le comte s'assit lourdement sur un canapé haute époque et, lorsqu'il croisa les jambes, ses vernis étincelèrent.

— On ne dit jamais « je voudrais », Frieda, on dit « je veux », je vous ai expliqué cent fois la différence. Sonnez Max pour les cigares.

D'une main tremblante, la jeune fille appuya sur un bouton d'ivoire dissimulé dans les boiseries.

— Poursuivez, commanda Proctor, je sens que nous n'y arriverons jamais.

Une véritable souffrance sembla s'emparer de Frieda.

— En effet, dit-elle, nous n'y arriverons jamais, cela fait vingt-cinq ans que je tente de vous adresser la parole et que vous vous ingéniez à ne pas l'écouter.

Le comte, impassible, fixait l'immense tableau qui lui faisait face. Il représentait le général August Vladimir Proctor, sabre au clair et chargeant furieusement, monté sur un pur-sang arabe, à la tête de son régiment de hussards lors de la bataille de Somosierra.

— C'est parce que vous n'avez jamais dit quelque chose de suffisamment intéressant, trancha-t-il. Voyons si, par miracle, il n'en serait pas autrement aujourd'hui.

Ce fut à cet instant que Max pénétra dans la pièce. C'était un serviteur de petite taille, serrant dans ses bras un coffret d'ébène dont il souleva le couvercle en s'inclinant.

Proctor prit un Montecristo Cubana Number One parfumé au vieux whisky et craqua une allumette.

— Présentez les cigares à mademoiselle, dit-il, certaines femmes apprécient le tabac, dit-on.

Frieda Alexandra refusa d'un geste et attendit que Max soit sorti de la pièce pour parler.

— Ne m'humiliez pas devant les serviteurs, père, pria-t-elle, je ne le supporterai pas.

Le comte se leva. Le plastron de son smoking s'illumina à la lueur des candélabres.

— Vous supporterez ce que je vous demanderai de supporter, dit-il, et même au-delà. Maintenant, parlez, mon temps est précieux et vous me le faites perdre.

Il sortit de son gousset la montre circulaire aux aiguilles de diamant. Une bûche éclata dans la cheminée et fit scintiller une seconde les armes de la famille gravées sur le pare-feu : ours mâle terrassant un aigle femelle sur fond d'épis de maïs et de grandes gueules.

Une tempête de révolte sembla soulever la vicomtesse, elle se dressa, les poings serrés sur la moire de la jupe.

— Vous êtes mon père, dit-elle, mais vous êtes aussi un homme dur et sans pitié. Vous ne m'avez jamais pardonné de ne pas être un garçon.

Le comte frémit, secoué par un grand vent intérieur. Pour la première fois depuis des années, il parut troublé. Ses yeux avaient perdu de leur fermeté habituelle. Involontairement, sa main chercha un appui.

— Vous vous trompez, Alexis, balbutia-t-il, je...

Frieda eut un cri presque sauvage.

— Alexis ! Vous m'avez appelée Alexis ! C'est le nom que vous auriez aimé donner au fils que vous n'avez pas eu ! Vous ne pouvez plus le nier à présent, vous voici démasqué !

Proctor chancela, recula vers l'une des cariatides qui soutenaient la cheminée monumentale, et porta la main à son cœur malade.

— Si je m'en souvenais, dit-il, je vous en dirais plus, mais j'ai oublié mon texte...

— Coupez, lança Gustavson.

Il portait une chemise-canadienne à carreaux et des charentaises à pompons. Il serra avec force la main du comte.

— Formidable, dit-il, vous avez été étonnant, on

garde tout, ne vous inquiétez pas pour la dernière réplique, on enchaînera sur le gros plan. Parfait aussi pour vous, Maggie. Allez, on change les lumières, enlevez-moi ce travelling, je veux une caméra dans l'axe de la porte.

Antonia sortit de l'ombre et enjamba un écheveau de câbles. Stephen vint à sa rencontre et la serra contre lui.

— Pas de bises, dit-il, avec ce maquillage, on resterait collés.

— Mon rêve, dit-elle, et comment s'appelle ce chef-d'œuvre ?

— Les titres changent..., pour le moment, c'est *Le Comte Proctor*, mais les directeurs de production trouvent ça raplapla. J'ai entendu parler de *La Vengeance de la vicomtesse*, mais ça, les chaînes s'y opposent, vengeance supposant violence... on s'orienterait donc vers *Le Crépuscule des passions*, bien que *Le Château des mille soucis* ait des supporters. Personnellement, je suis pour *Trabadja la Moukère* à cause de la séquence coloniale.

— Vous allez tourner en Afrique ?

— Plus exactement à Londres. Ils sont en train d'emplir les studios de sable. Au fait, que sont devenues les quatre cent cinquante personnes qui composent d'ordinaire ta suite ?

— Bloquées à la porte, dit Antonia, on ne pénètre pas si facilement sur un lieu de tournage. Et tu seras pris longtemps ?

— La série est prévue pour trois ans. J'aurai six mois de travail étalés sur cette période...

Il prit le bras de la Présidente et l'entraîna vers les loges.

— J'ai signé un contrat mirobolant, dit-il, mon talent d'acteur, qui est pourtant immense, ne les intéresse pas du tout... ce qu'ils veulent, c'est voir un feuilleton télé interprété par le mari d'Antonia Gorbachian. Du coup, j'ai fait monter les enchères et, non seulement je ne vivrai pas à tes crochets, mais on va pouvoir reprendre un hamburger à chaque repas. Au fait, comment va l'Europe ?

— Toujours entre Atlantique et Oural, mais je cherche à m'agrandir.

Il referma la porte et se jeta sur elle.

— On va coller, dit-elle.

— Rien n'arrête le comte Proctor.

Ils basculèrent sur le divan. On frappa à la porte.

Elle sauta sur ses pieds et parvint à repêcher un de ses escarpins sous la table. Stephen alla ouvrir. Max se tenait sur le seuil, toujours en gilet rayé, mais sans la boîte de cigares. Il se haussa sur la pointe des pieds et embrassa Antonia.

— Je suis heureuse de vous revoir, Félix, dit-elle, vous avez magnifiquement joué votre scène tout à l'heure.

Il rougit en jeune fille.

— Cela me change des chutes de cheval et des poursuites en voiture, dit-il. Je suis venu vous présenter mes félicitations.

— Merci, Félix.

Une tête passa dans l'embrasure de la porte.

— Vous êtes demandé sur le plateau, monsieur Laplanch...

Stephen soupira et prit le bras d'Antonia.

— Entre ton boulot et le mien, dit-il, ça m'étonnerait que nous ayons beaucoup d'intimité.

Ils marchaient à présent à travers les couloirs encombrés de praticables, l'air sentait le bois et la colle, les ateliers de décors fonctionnaient à plein rendement, des murailles de château fort en polystyrène s'élevaient jusqu'aux poutrelles métalliques des hangars.

— Je dois partir, dit Antonia, le travail m'appelle.

Ils s'arrêtèrent au pied d'une grue. Au-dessus d'eux, les techniciens fixaient la caméra sur l'une des plates-formes.

— Nous avons rendez-vous dans trois jours si j'ai bonne mémoire, dit Stephen.

— Exactement. Tu aimerais connaître le nombre d'invités ?

— Les journaux disent quatre mille...

— Pour une fois, ils n'exagèrent pas trop... je n'ai pas pu faire moins.

— Je m'en doute : ce n'est pas tous les jours que la Reine de l'Europe épouse son sauveur...

Les yeux d'Antonia bleuirent. Indigo d'abord, outremer ensuite.

— Tu sais ce que je suis arrivée à combiner ? On file après la cérémonie ; en tirant au maximum j'aurai quarante-huit heures.

— Dément ! s'exclama Stephen, je me demande ce qu'on va faire de tout ce temps !

— M. Laplanch au maquillage !

La voix roula sous la verrière.

Les prunelles en face de lui tournèrent à la lavande.

— Emmène-moi chez toi, dit-elle, en Ecosse, j'ai un jet spécial...

Stephen bomba le torse. Depuis qu'il avait repris le chemin des studios, ses rhumatismes s'apaisaient.

— Il va y avoir de la poussière, dit-il, mais le plumard est en chêne massif.

— Normalement, ça devrait résister, dit Antonia. Salut, beau blond, rendez-vous à la mairie...

Elle lui effleura le menton de la lèvre inférieure et sortit. Il la regarda marcher dans les faisceaux des projecteurs et pensa qu'elle avait une ligne étonnante. Quelque chose de Marlène, en plus enveloppé, mais à peine.

ÉPILOGUE

Et c'est ainsi qu'Antonia Gorbachian épousa Stephen Laplanch, son rêve de jeunesse.

Inutile de se pencher sur le mariage, tous les journaux le racontèrent dans ses moindres détails. Huit jours avant et huit jours après, la plupart sortirent des numéros spéciaux et toutes les télévisions le commentèrent, au point que la demande d'entrée du Nicaragua dans le cadre de l'Europe passa quasi inaperçue.

Il est bon de donner quelques indications finales sur des personnages impliqués dans l'histoire ci-dessus : Indira a pris du poids depuis quelques années, elle vit toujours en compagnie d'Emmanuel Félix qui tourne actuellement *L'Homme de glace* pour la télévision finlandaise. Malgré une légère bronchite, il est en forme, le tournage touche à sa fin.

Al Bedwards est à la veille de la retraite. Après avoir passé les quatre derniers mois comme gardien suppléant à Fleury-Mérogis, l'administration pénitentiaire a accéléré son départ. Il faut préciser que, par trois fois, il dut être délivré, ayant été enfermé avec ses propres clefs dans sa propre chambre par des détenus placés sous sa surveillance, et dont aucun n'a jamais été rattrapé. Il attend ce jour avec impatience, ayant décidé de se consacrer désormais à la bonne marche de jardins d'enfants.

Les membres du secrétariat de la Présidente de

l'Europe sont toujours amoureux de la Présidente, Jossip en particulier. C'est devenu un état chronique mais non douloureux.

Et enfin, ce tour d'horizon rapide serait incomplet s'il ne comprenait pas également Antonin Peragnoli dit « Furète ». Sa piste fut la plus difficile à suivre et son sort n'a pu être établi avec certitude. Il y a cependant toutes les raisons de penser qu'il est actuellement installé au Marina Cubana Beach, complexe hôtelier six étoiles en bordure de la mer des Caraïbes, où il s'est spécialisé dans la sieste profonde, le cigare gros module et la demi-mondaine locale à forte croupe. Il collectionne les vieilles Cadillac et montre une aversion profonde pour les fruits de mer.

Il reste évidemment les deux personnages principaux. Il est difficile de n'en pas parler. Qu'il vous suffise de savoir qu'ils sont toujours très riches, très célèbres, très amoureux, donc très beaux, très heureux, et qu'en plus ils sont en très bonne santé.

C'est, pour certains, très agaçant. Il existe, en effet, une certaine catégorie de gens que les happy ends irritent. Ce sont pour la plupart des aigris, des gens pour qui le bonheur des autres est toujours insupportable, des rôdeurs de couloirs de ministère, des responsables à la Culture. Tant pis pour eux, cette histoire finit bien. Ce n'est pas si fréquent qu'on le croit.

Du même auteur

Composition réalisée par JOUVE

IMPRIMÉ EN FRANCE PAR BRODARD ET TAUPIN
Usine de La Flèche (Sarthe)
LIBRAIRIE GÉNÉRALE FRANÇAISE - 43, quai de Grenelle - 75015 Paris.
ISBN : 2 - 253 - 14427 - 4